内心安详

从不荒凉

大安 ◎ 著

SPM
南方出版传媒

广东人民出版社

· 广州 ·

图书在版编目（CIP）数据

内心安详，从不荒凉 / 大安著． — 广州：广东人民
出版社，2018.8
ISBN 978-7-218-13059-0

Ⅰ．①内… Ⅱ．①大… Ⅲ．①散文集－中国－当代
Ⅳ．① I267

中国版本图书馆 CIP 数据核字（2018）第 138948 号

Neixin Anxiang，Congbu Huangliang
内心安详，从不荒凉

大安　著

出 版 人：肖风华

责任编辑：马妮璐
责任技编：周　杰　易志华
装帧设计：WONDERLAND Book design
　　　　　仙蕈 QQ:344581934

出版发行：广东人民出版社
地　　址：广州市大沙头四马路 10 号（邮政编码：510102）
电　　话：（020）83798714（总编室）
传　　真：（020）83780199
网　　址：http://www.gdpph.com
印　　刷：北京市燕鑫印刷有限公司
开　　本：880mm×1230mm　1/32
印　　张：8　　字　　数：138 千
版　　次：2018 年 8 月第 1 版　2018 年 8 月第 1 次印刷
定　　价：42.00 元

如发现印装质量问题，影响阅读，请与出版社（020 - 83795749）联系调换。
售书热线：（020）83795240

目　录

第一章　开启朝向春光的窗户

做一个善良的人，善待周遭的人和事。

第二章　不以物喜不以己悲

若无闲事挂心头，便是人间好时节。

第三章　本自具足，莫向外求

生活是一场历练，岁月是一场轮回。

第四章　与生活握手言和

生活越是平淡，内心越是灿烂。

第五章　你心柔软却有力量

你敢试，世界就敢回答。

第六章　换一种视角看世界

生活安排什么，我就热爱什么。

第七章　心安即是归处

雪飞炎海变清凉，此心安处是吾乡。

开启

朝向春光的

窗户

做一个善良的人，
善待周遭的人和事。

▲▲

倚着时光，静坐自然

　　我站在山顶上，看混凝土从山下轰鸣而上，又如洪水般一泻而下。

　　有人来信赞叹，赞叹这一份情怀。其实这只是习惯，习惯了躲进文字里，默默记录着经年弥留历史的残香、无数的桥段。我们在这川流不息的人流里邂逅，在妖娆的花树下、弥漫的阳光里相遇，也会在午夜的山上，回顾那个画面，世间还有我们在殿堂里诵经祈福许诺下的誓言吗？纷纷扰扰的轮回，风凉了那些叮咛，吹散了风月情浓，愿从此在西方十万亿国土的洁净世界里，依然还能与你相遇。

　　今天是七夕，我特地坐在院子的石板上仰望星空，想看看那一生牵念成画地为牢的忧伤，只可惜世事变迁，改造了桑田，变了沧海。岁月中，沉淀的记忆，红尘深景，犹如隔世花影，剪烛写诗，没有人将这刻骨的爱恋细心珍藏，而是在山下霓虹之中把酒言欢。

喜欢一个人，脱了鞋子，静静地行走在大殿里，一圈、两圈、三圈……素锦年华，静走在寂静的岁月中，编辑一段从容、一世和平。以安之若素的心去看世间浮沉，走起来也就平静许多。拈一瓣心香，把一幕幕悲伤，化作一场场懂得的慈悲。

行走在三面观音立像的山坡，稍不留神踩到了木板上的钉子，那脚掌上的一记红印，是风动的岁月，吹过一纸素笺，流年已换，悲伤成结。拍一拍身上的尘土，涂一些消炎的药膏，这是漫漫前路的小小一记，无关风月，不悲怆，不泪流。

我观了一夜清风，我倾听了一夜的白月光，我深知没有什么永垂不朽，就像月下的佳人，青袖一挥，便将流年中深刻的眷恋落在彼此晦涩的眼眸中。嘿，我要在这夜色如烟似岚的风景中黯然地睡去。岁月薄凉，水墨幽深，转眼便是秋天。

秋日的大西北天气，像极了青春期的孩子，总是让人捉摸不透。我们一行人，继续行进在建设家园的路上，铲土、平整、夯实。我知道，前方的路，还很长很长。在路上，多少故事，多少精彩，那些留刻着心酸的记忆。

当树叶凋零、凉风习习，不能不面对，是秋来了。每当画面中显示着叶落的整个过程，仿佛离别一般涩涩的心情，想要寄托的思念，似乎都如浮云般飘散。这个时候，手中的挥动的铁锹也会莫名地快了起来。

　　从来也不晓得大山的尽头是什么，也不想去知道，因为在眼前，身边最真、最美的每一位义工的欢笑，都是牵绊着、鼓励着我前进的力量。你总是期待着、等候着些许未来，当宛若仙池的泉水滋养着深夜轮回的心，灵魂里数次感受，沉默不能代替一切落寞，忧郁不是全部的孤寂。当不再管前方的遥远，淡淡地就那样一路走着，只把人生最完整的足印留给过去，也许偶尔惶惑的时候，会把生活中最珍贵的眼神忘记，那些伤痛后哭花的泪，不知流转到了何处的海底。这时候才明白，你不需要沉浸在过去，也不需要彷徨未来，就这一刻，享受原本触手可得的幸福。

　　院子里装了太阳能景观灯，夜晚，它们静静地照耀守护着。它们，让这寂寥的夜晚多了一些生趣。看着道场一点点改变，它在路上，我也在路上。在路上，花是画，梦是诗，落叶淡淡的秋是希望，背影离别的痕是祝福。山林里，一切又从头开始，从第一朵花绽放的时候。

　　我背着手，仰起头，眯着眼，缓缓地往下走。流年若水，岁月幽香。生活里不只有风尘仆仆、行色匆匆，你还可以倚着时光，静坐自然，轻铺素锦，诉一纸婉约，摹一幅水墨，寻一抹浅淡。我一直在寻找，寻找一种悠然见南山的况味，后来我明白：尘缘里，莞尔一笑，沧桑中，云淡风轻，红尘内，素心向暖，何处非南山？！回首再望山上，菩萨正拂动柳枝，甘露遍洒。

▲▲

真实的自己，就是最好的自己

　　某个早晨，东方刚刚泛起鱼肚白，一切都雾蒙蒙的，仿佛给大地披上了一层银纱。大地还在沉睡，花儿美丽的小脸上滚动着晶莹的露珠。小鸟"啾啾"地叫个不停，站在树枝上亮开嗓门唱起动听的歌。在此刻伫立于寂静的山上，细心感受山光天色，更是一番情趣！

　　早课后，总喜欢看看那巴掌大的小菜地，黄瓜结果了，西红柿也开花了，丝瓜长出了长长的秧，还有那唯一的一株辣椒……记得那是初春时节，我从镇上买了一些辣椒苗回来，悉心地栽种在菜地里，并且铺上薄薄的一层地膜，每天都不忘浇水，照料得格外认真。看着它们一天一天成长，我的内心也无比地欢喜。有一天夜里，下了一场大霜，早上起来，所有的辣椒苗都趴在了地上，大家都站在边上，落下了无声的眼泪。太阳升起后，小辣椒苗都晒干了，还能复活的想法也破灭了，大家不忍心地铲除掉一株一株辣椒苗，补种上其他蔬菜。当我准备铲除最后一株时，发现它并没有被晒干，只是有气无力地趴在那里。我心想，你一定会活过来的。我铲一些松土围在小苗周围，勉强地扶起它。"你一定要活过来，因为你承载的是精神，在这里，每一个人、每一根草，都是顽强与勇敢的象征……"我对着小苗儿自言自语道，唯恐它活不下来。过了几天，振德师跑来："师父师父，你的辣椒苗儿活过来了，挺起腰了！"我迫不及待地走出去，原来是真的，大家都很兴奋。

昨天夜里，收到一位北京高校学生的长信，讲述了自己家境贫寒、在北京的种种困遇，言谈之中阐述了自己对这个社会的不满甚至愤恨。他说他一定会好好学习，一定会出人头地，一定要给身边的人看看。

如果说，佛法，让我们遇到更好的自己。那么它一定是建立在首先是让我们清楚地认识最真实的自己、自然接受的基础上，能做最真实的自己，就是最好的自己。

我们从身边人或自己身上观照，不难发现，许多的奋斗理由都是负面的，都是悲观的，甚至有些是畸形的，这就是"负面动力"。其实，你不需要出人头地证明给谁看，努力的这条

内心安详，从不荒凉

路上，一定是快乐的，带着愤恨努力的结果也一定是别有味道的。带着欢喜前进，江山如此多娇，何必让情绪竞折腰。

一整日的奔波，终于在傍晚回到了山里。山上刚刚下过一场雨，空气中弥漫着清新的山土味，一阵微风吹过，清凉无比。还没进屋，我在院子里转一圈。站在这辽阔的西北大地上，我感到莫名的踏实与心安。

奠基法会过后，来寺帮忙的义工振觉与顿静都相继回去了，目前寺院里住着我与振法师、振德师、振博师四个和尚。自己摘菜、做饭，又让我想起了刚刚来到这里时的那段刻骨铭心的岁月。现在在做道场建设，法师们平日里都很辛苦，几乎每天都是从早上忙到夜里，大家拖着疲惫的身体还要自己烧饭，我着实有点于心不忍。这就是生活。

晨光熹微时，生活便归隐清淡，煮一壶酥油茶，听一曲梵音小调，三两法师，或舞笔弄墨，或闻香品茗，或吟诗作赋，庭院内外虽冬枯满溢，却少不了几分闲情雅致。有人问我，师父乃禅宗出身，什么才是禅呢？

禅，是每一个起心动念，这都可在禅意之光下检视。"禅"，不是故弄玄虚，不是自欺欺人，不是依靠想象力掩盖不如意，而是用禅定带来的智慧明朗地照亮心念。

禅，是人生路上一道永不褪色的风景线，是陪伴我们一路成长的长者。每一位习禅的行者，都可以让心依着花木的香息从容行走在美丽的人间。

人性之美，在于温良；生命之韵，在于静美。作家余华说："生活越是平淡，内心越是灿烂。"什么是禅？禅是一份温良，是一份静美，是一份朴实无华的平淡。禅有点让人望尘莫及，又有点让人欲罢不能，仿佛看到它的瞬间，便是一场如释重负的洗礼。

心是菩提树，身为明镜台。明镜本清净，何处惹尘埃。每行一程，思一程，及时清理内心的纷杂与承重，让心灵得以沉淀、安静下来。淡然看世界，一切都会变得云淡风轻。心宽了，万事皆宽。俗话说宽人宽己，原谅别人的同时也等于宽慰了自己，何乐而不为呢？心明了，万事皆明亮，心不会因为外界的浑浊而迷离。放开眼看世界，一切皆明媚安然。

作为一位习禅的行者，可以承受得住繁华里的喜，更能耐得住清欢里的寂。所以你看到的师父，哪里是什么大师，充其量不过是"二哥他爹"。

风，漫过思念的天空，把相思漂染成飞舞的青烟。冬日的山影永远是那么朦胧，层峦叠嶂。山坳里的灵丹寺，在四众弟子的努力下日渐宏伟。我伫立在山顶，任凭寒风拂面，久久不肯下去，只有在这里，可以看见道场的全部。这世上本没有路，人走得多了就成了路。这话一点都不假，那条蜿蜒曲折的山路，一直延伸到山下，当初就是一行脚印，由浅而深，渐渐地清晰起来。夕阳的余晖，筛成点点金光，洒落在山岗上，俯瞰着山脚下的一切生灵。只愿落叶飘洒成幸福的种子，长满你远行的方向。

夕阳氤氲成红色，隐隐约约的小径曲折盘旋，时断时续，见证着时光的蜿蜒。余晖斜洒，在青石路上留下几抹斑驳。拾级而上，清净庄严，梵音袅袅。观音慈眉，立于莲台，轻洒柳枝；如来含笑，垂目凝神，普度众生。香烛明暗，木鱼声声。痴立佛堂，灵窍顿开。我愿携片片落叶，飘进你微启的窗，梦一段云水月谣。日子依然肃穆，岁月依然悠长。守望在季节的尾声，我愿意是很短很短的词句，躲藏在你的诗行里，与思念呢喃。心灵是张弛的弓，思想是无字的经书。我愿是佛前那朵莲，盛开成佛语的虔诚，在芬芳中安然地睡去……

▲▲

蓦然回首，此岸即彼岸

山上的夜里比较寒冷，一言不合就是零下 15 摄氏度。所以一到晚上，长得帅的和尚早已经爬到被窝里，捧上一本书，来打发这寂寥的时光。要是突然灵感来了，就爬起来打开电脑，坐在写字台前迅速记录从大脑飞驰而过的丝丝感触。倘若读得累了，就顺手合上书或电脑，以最快的速度至另一个天马行空的世界里旅行。

每天早上叫醒我的不是梦想，而是早课的钟声。一声声悠扬悦耳的梵音回荡在山间，飘向远方，我便从这睡梦中醒过来。天还是灰蒙蒙的仅泛着一丝亮光，伸个懒腰，洗脸，刷牙，新的一天就这样正式起航。

推开殿堂的门，点一盏酥油灯，照破那昏暗万千。是谁，在这千年间，如如不动，端坐在蒲团之上，青灯伴古佛？我把

内心安详，从不荒凉

那双手合十，将对你的无限祝福，化成一段段无人听懂的经文，供养给诸佛菩萨。

早饭罢，独自在那山头闲散地走一走，这是人间最美的山水画。大西北的山坡上，是细腻的黄土，踩上去给人无比踏实的感觉。又到了秋收的季节，院子里的西红柿格外的大，挑一个又大又红的，就坐在田里，在那衣襟内侧一擦，这便是人间最美味。院子里种的一株杜鹃开花了，那是仅有的一朵，在这小小菜园里光芒四射，娇艳动人。

抓一把泥土放在手掌，是那般亲切、和蔼。当我们流连于五彩斑斓的鲜花所绽放出的娇美容颜之时，当我们充满欣赏的目光漫步于苍翠茂盛的树木之时，当我们沉浸于沉甸甸的丰收漾起的金色喜悦之时，可曾留意它们所依附的泥土？

你固然没有华丽的外表，但你博大的胸怀中却饱含着高尚的精神境界。你不像白云，轻浮在空中，稍有风吹，就飘摇不定；也不像黄沙，随风而舞，白白地把年华虚度。你最喜欢实干——把水分和养料纳入自己的体内，又悄悄地把它们馈赠给了自然界的生灵万物。

说我喜欢大山，原来，我只是喜欢泥土而已。在傍晚，煮上一锅玉米棒子，在院子里摆一张小方桌，和法师们一起啃着玉米和土豆，再撒上几粒盐，那味道……好了，别流口水了，收拾收拾快去上班吧！

总有一幅场景常常浮现在我的脑海，在一个树木茂密的山林里，有一座黄墙绿瓦的小寺院，院子里的香炉上插满了香，焚香燃起的烟雾徐徐上升，飘上屋顶，穿过密林；寺院的右前方不远处，有一座亭子，亭子的旁边是一条小溪，源源不断的山泉水从山上流下来，欢快地流淌而过；一缕阳光顽强地透过枝叶的防备，照射进来，正好映照在亭子里；我和一位白胡子的老和尚在亭子里下着棋，好生惬意。到了秋季，上山的石阶上，寺院的院落里，都落满了黄灿灿的树叶，我拿一把扫帚，认真清扫着……这是出家前，对于自己出家生活的所有想象。

　　出家了才知道，生活远远不止是想象的这般，除了诗和远方，更多的是苟且。但我们要知道，生活是一种创造。一大早起来，大家全员出动，借来了钢管和卡扣，买到扳手，然后商量着如何打造一个拱门，善于场景布置的法师则思考如何用灯笼摆出形态不一的造型。生活是一场得过且过。等忙完了工作，已经是下午两点，义工妙光居士至小镇上买一些凉皮等小吃回来，大家狼吞虎咽地打发了饥饿的肚皮。

　　我曾清高地认为，站在红尘渡口，身在此岸，心在彼岸。清晨起来，我站在院子里拿一把扫帚，时时勤拂拭。一回头，是那庄严慈悲的观音大士。我到观音脚下擦拭供台，勿使惹尘埃。佛曰：回头是岸。蓦然回首，才明白，此岸即彼岸，当下即净土。

　　内心安详，从不荒凉

我一直期盼这样一种生活，只闻花香，不言悲欢；月下徜徉，拈花浅笑；湖山观雨，临池赏荷。游走于红尘，浸染人间烟火；奔波于岁月，赶往自在解脱。冬日的生活比较简单，诵几卷经典，供数盏酥油灯，侍奉好诸佛菩萨后便与法师们围火炉而坐，或煮茶一壶，或青菜两碟。屋顶上的炊烟，是大山深处对佛法的不二理解。世尊释迦如来曾说：大地众生，皆具如来智慧德相。我们大家无论是谁，都有一颗本来的心，不管是炊烟袅袅，拂拭尘埃，还是参禅打坐，都是为了与这颗心相会，见到那个真实的自己。

　　愿我们的生活，都能活成朵朵莲花开。入世不染尘，心似莲花净，一抹灵魂带着莲的香气，红尘一路，步步为莲，不为谁开，不为谁落，任世事归入风尘。风起时，笑看落花；风停时，淡看天际。归来归去，也无风雨也无晴，在清澈宁静的时光里，天地日月，恒静无言，心里万里无云、无尘无染，才是生命里最美的风景。

　　生活是一份热爱。下午，无风无雨，阳光正好，乐乐从床底下找出一副羽毛球拍，嚷着说："陪我打羽毛球吧。"这副球拍是当年我从无锡来兰州时带的。我想，寂寞的时候，可以一起去打打球，不想一放就放到了今天。说着，大家便在院子里挥舞了起来。

　　生活是一面镜子，它的色彩，在于我们对生活的态度。

▲▲
开启朝向春光的窗户

　　天黑了，代表着一天的结束，我狼吞虎咽地吃过晚饭，便坐在写字台前，打一盆水泡泡脚，倚靠在椅子上，双手耷拉着，仰头闭目。我在想，没有被积极和幸福充斥的今日，便是对生命最大的辜负。

　　每一天重复的工作，是我们对生活的习惯，不论你是在搬砖还是在砌墙。习惯的不是工作，而是我们对于工作的心态。你习惯了每一天都有一些进步，生命就会有别样的精彩。很多人鼓励我，赞叹我，带领师父们一起搬砖，身体力行地修建道场。其实我并不爱搬砖，也没有人爱搬砖，只是我不得不搬，一个小工 150 元 / 天，四位师父还有很多义工，就能省下不少，大家的钱来得都不容易；我也一点儿不习惯搬砖，只是大

内心安详，从不荒凉

西北的 11 月中旬，所有的建筑工程都会被强制性停工。因为天气寒冷，我想在这之前尽量给大家创造更加温暖的环境。有人说，师父，可以明年再做这些啊。一万年太久，只争朝夕。

经过连续十日的搬砖工作，大家都疲惫不堪。义工妙光居士砌了一天的墙，瘫坐在砖堆里，开玩笑说："师父，明天我要请假啦。"当混凝土从搅拌机中倒出，又一铲一铲地填进去，我感到一铲比一铲沉重的时候，就能体会到大家已经是精疲力尽。我坚持着一铲接一铲地填进去，这一刻，我真正体会到《孟子·告子下》中"必先苦其心志，劳其筋骨，饿其体肤，空乏其身，行拂乱其所为，所以动心忍性，曾益其所不能"的含义。我把大家召集在一起，鼓励大家，不要把劳动当作是体力上的付出，比如这搅拌混凝土，我们每一铲都是在铺设前往西方的解脱大道，多铺一点，我们就离解脱更近一点。比如我们要铲除地面的不平处，以顺利铺设地砖。我告诉大家，不要烦躁，每一铲都是铲除我们心中的杂草，耐下心来，我们就能祛除我们心中的烦恼。

搅拌机的水需要从水池中一桶一桶地打过来。我趴在水池边，把空桶放进去打满水，却发现累得提不上来。我望着水中的自己，这世上没有做不到的事儿，今天你汗水挥洒得多淋漓，哭得有多伤心，明天就会笑得有多灿烂。生活教会我们如何去获得，也会教会我们如何放下。

"起……"我提起水桶，坚定地向搅拌机走去……

通过多日的共同努力，寺院中院的围墙已经顺利落成。由于天气寒冷，只能等到明年再粉刷、涂漆。今天我们正式开始院落中道的铺设工作，义工们依然坚持着，个个来得很早。让我感动的是，还来了一位耄耋之年的老人，参与到我们的平整土地的工作中。

有一位善信很苦恼，说："师父啊，我这个人吧，对生活的信心不大，总是感觉没有什么能让我快乐的，我的生活貌似黯淡无光。"

我笑着说："这是病，得治。"从前啊，有座山，山上有座庙，庙里有个老和尚和小和尚，小和尚独坐寺内，闷闷不语。老和尚见其不悦，也不语，微笑着领着小和尚走出寺门。门外，是一片大好的春光。老和尚依旧不语，怀抱春光，打坐于万顷温暖的柔波里。放眼望去，天地之间弥漫着清新，半绿的草芽，斜飞的小鸟，动情的溪水。小和尚深深地吸了口气，偷窥老和尚，师父正安详地打坐在山坡上。

小和尚有些纳闷，不知老和尚葫芦里到底卖的什么药。过了晌午，老和尚才起来，还是不说一句话，不打一个手势，领着小和尚回到寺内。刚走到寺门，老和尚突然跨前一步，掩

内心安详，从不荒凉

上两扇木门，把小和尚关在寺门外。小和尚不明白老和尚的意思，径自坐在门前，纳闷不语。很快，天色暗了下来，雾气笼罩了四周的山冈，树林、小溪、鸟语、水声也渐渐变得不明朗起来。

这时，老和尚在寺内高声叫他的名字。小和尚进门后，老和尚问："外边怎么样了呢？"小和尚答："全黑了。""还有什么吗？""什么也没了。"小和尚又回答说。

"不，外边还有清风，绿草，花，溪水，一切都还在。"

人生往往如此，有的人活得很黯淡，并不是因为他的生活中没有春光，而是黯淡的心早已把所有朝向春光的窗户悄然关上了。

自己的幸福，不止在别人眼里

　　当清晨的第一缕阳光照耀大地，生命的时钟也将开始新的一圈运转。活着，就是与生活的一场相依为命。我积极生活，生活也能善待我。生命是美好的，当我们学会与生命相依为命、相待而行，就会觉得天空是那么的湛蓝，大地是那的清纯，世界是多么的美好，生活是多么的幸福而快乐。

　　我们一行人欢喜地到距寺院 100 公里的白银市莲花禅寺参访，莲花禅寺的观音阁内供奉着一尊慈悲庄严的千手观音菩萨圣像。都说每一次相遇都是久别重逢，我跪在菩萨前，头面顶礼，我来晚了吗？没有！来得刚刚好。生命的每一场相遇都恰到好处。我幸运，在我最美好的年华里，最适合的时间里，遇到您。寺院的客堂门口，挂着一副迎客的楹联："客至莫嫌茶味淡，僧家不必俗意浓。"在我看来，情不重不生娑婆，爱不深不堕轮回。在娑婆里走一回，谁不是带着情感而来，愿我们都能放下尘世的无欲欢乐，在净域里欢喜相遇，牵着彼此的手，道上一句：真好，你也在这里。

晚上十点，一个人端坐在床上，裹上一床被子，诵一卷《维摩诘经》，而后赶紧捧起那本已经好久没有临幸的贾平凹老师著的《浮躁》。在西北生活久了，就越发能够对书籍中讲述陕甘一带的故事情节感同身受。"我来到你的城市，走过你来时的路，想象着没我的日子，你是怎样的孤独……"正当我与贾平凹老师在这深夜里因缘际会，遂忝过任的时刻。一个善信来电，想要来寺院小坐，问我："师父，现在太晚啦，会不会打扰您？"我笑着说："怎么会。"给大众一个温暖的家，是我对众生的承诺。什么是家？家就是纵然你夜里两点回来，依然为你开着一扇门，亮着一盏灯。

最爱这夜里，一个人倚坐在窗前，此刻，你的世界就在这方丈之间，任屋外寒风萧萧抑或是静夜悄悄，都拦不住我只身一人在这里微微一笑。我在想，生活是什么？生活从来都没有清晰的轮廓。小时候，生活是得到一粒甜甜糖果，含在嘴里，甜在心里；少年时，生活是小小的压岁钱，见过很多，却很少用过；花季时，生活是一场轰轰烈烈的恋爱，留的余生都刻骨铭心；大学时，生活是加入自己喜爱的社团，是一场遥远的旅行；而现在，生活就是倚坐在窗前。

生活是什么，生活是遥不可及的琼瑶梦，又是深不可测的《金刚经》。梦想能在文字的世界里驰骋，在文字的海洋中遨游，在文字的花海里沉醉。一步一个脚印，一场风雪一场寒，一阵春风一抹绿，一缕热光一真情，一剪秋风遍地衰。生活是一场风花雪月，又是一场幡然领悟。用四季的景色，绘四季的心情，领略四季的人生。我不能独自在灯光下陶醉，来吧，让我们一起读一本书吧。读书是一抹亮丽的颜色，涂抹着空白的心灵；读书是一首韵味悠长的歌曲，治疗着一缕缕鲜红的忧伤；读书是冬日里的暖阳，温暖着久违逢雨的寂寞。

春季里，学会自己播种秧苗，才能收获爱情；夏季里，学会自己撑伞，独立走过悲伤的雨季；秋季里，学会自己摆脱离别的痛苦，不让自己沉溺在多愁善感的秋里；冬季里，像那一朵傲然绽放的寒梅，独立在寒风凛冽里。学会在生活的困境中换个角度看待周遭的一切，我们就会发现，曾经的爱恋与痴迷，曾经的迷失与痛苦、哀怨与彷徨，也是一道美丽的风景。

幸福常常来得很突然，就如同这小心翼翼的敲门声。

"师父，吃水果。"

内心安详，从不荒凉

"嗯？谁切的？"

"我……"

"这是你切的啊？！"

"嗯……"

"这真的是你切的啊？！"

"嗯。"

　　豆豆每"汪汪"地叫一声，不远处就有一声同样的声音回执，它像是爱上了这种交流，聊得十分起劲。我也忍不住跟着喊两声，只听到那一头一样传来同样的声音，你喊一声欢快的调儿，那边也回你一句欢快的调儿；你喊一句悲伤的调儿，那边就回你一句悲伤的调儿，丝毫不差。原来，我们想听到这个世界的声音是愉悦还是沉闷，取决于自己内心发出的声音。我总是好奇，为什么清晨与傍晚才会有这样的回执，后来才发现，原来越是宁静的时刻，越是容易听到自己内心的声音。

　　三大士殿地基基础工作已经完成了80%，剩下的工程是继续将灰土回填夯实到台明一般高度，再将门前石柱吊立即可，其余便全是木工活儿了。三大士殿所需用的木料今日又到了两车，主体所用的木料均已悉数到场，木工师傅们正在精心地加工着。三面观音圣像地基工作进展也比较顺利。

由于施工，院子里堆积了很多尘土，饭罢，从池子里抽些水上来洒。生活就是这样，没有尘土不可能，我们与尘土的交往方式不是铲除殆尽，而是用智慧的水熄灭，再把它夯实作为坚实的地面。

　　"幸福在哪里？"小狮子傻傻地问着妈妈，妈妈说："幸福在你的尾巴上。"小狮子很兴奋地在草地上追逐着自己的尾巴。可是他始终抓不住幸福。他就问妈妈为什么，妈妈说："幸福不是抓在手上的，幸福其实一直在跟着你。"

　　很多人问我：师父，我的幸福在哪里？我说那是你的宝贝，宝贝都是藏得最严密的，我哪里能知道。我也许能知道你家里的钱藏在哪里，但幸福这宝贝，着实不知。

　　幸福这座山，原本就没有顶、没有头。走一走，瞧一瞧，看看山岚、赏赏霓虹、吹吹清风，在晃晃悠悠中享受这份自在。一个人总在仰望和羡慕着别人的幸福，一回头，却发现自己正被别人仰望和羡慕着。其实，每个人都是幸福的。只是，你的幸福，总是藏在别人的眼里。幸福像足球一样踢来踢去，烦恼却像奖杯一样不可撒手。

　　　　　　　　　　　　　　　　　内心安详，从不荒凉

▲▲

任世事变迁，随遇而安

　　听说江南的梅花开了，我多想去看一眼，它惊艳了你的世界，填充了我的春日。闭上眼，都能回忆起你的模样，每一个角落，每一树枝头，要我怎么形容你，可是我知道，所有的词语都不足以赞美你，因为，不要人夸好颜色，只留清气满乾坤。是你，也是你，在无数个日日夜夜的相伴下，你告诉我，梅花的伟大，不仅仅是凌寒独自开，更是"零落成泥碾作尘，只有香如故"。于是，那一年，在没等到你报春时节，镜头就切换到了淳朴热情的大西北……这是一个闲适的午后，品一杯茶。明净的几案，一本自己喜欢的书册，看时光无语，就这样静静地与自己对坐，对饮光阴，唇齿间有光阴的味道，还有生命的从容。

日子在悄无声息间，来到了人间四月天。都说人世间最美的时光，便是四月芳菲时。推开窗，将目光移到阳光明媚的庭院里，看蜂飞蝶舞，看花儿葳蕤绽放，看一叶新绿，嗅一缕清香。在这泥土芬芳间，敞开心扉，让明媚的阳光照进来。然而，红尘的陌上，纷纷扬扬的花事里，总有几朵是忧伤的、几朵是甜蜜的，还有几朵在默默地等待。与一朵花儿对视，与一片叶子抒情，将心事写在花瓣上，其实不论阴晴圆缺，携一缕阳光放在心里，便可以在这岁月的陌上自在前行。

花开有四季，一岁一轮回。今年花事了，明年复芳菲。你不必留恋，也不必忧伤，兴许那红尘里深沉的惊鸿一瞥，就注定要苦苦修炼得完满。这世间，有太多，不属于我们的繁华。不要怀着执念，埋怨自己一无所有。一个执念，撑得百年。有人问我：何时解脱？不曾束缚，何需解脱？多么庆幸，此生能幸遇佛法，生命从此将不再狭隘，不管是佛前的那一盏灯，还是那一朵莲，都是我愿化身虔诚的供养。

禅是什么？是落叶满空山，何处寻芳迹？是空山无人，水流花开？还是万古长空，一朝风月？我不去追个究竟，只是不辜负每一段时光，不执着每一念流淌，任世事变迁，随遇而安。

好像有很久很久，没能在这夜里倚坐在山间小窗前，静听

内心安详，从不荒凉

雨打芭蕉。一场春雨来得猝不及防，浇湿了屋顶的炊烟，也滋润了无数人的心田。忙完了生活中那些迫不得已的工作，在淅淅沥沥的傍晚，寻找那早已不知归处的自己。时钟在悄无声息中度过，为何我又在这里？原来，只是怕未来的漫漫岁月里，你一个人孤独难过。不如燃一炷清香，不闻风花雪月，驻留在梵音袅袅的殿堂。这一刻，我与你擦肩而过，我知道，这一生，我们必定得解脱。

有人问我，哪里才是生命的快乐。我说：也许这世间的烦恼，不过是，我要的理所当然，你等的无有结果。

我们总觉得，父母、丈夫、妻子、孩子抑或是身边的朋友，他们对我们的好，仿佛这是他们的责任，一切都是理所当然，他们就应该给我更好的生活条件，应该在话语眼眸间看懂我的喜怒哀乐，应该在漫漫岁月里，紧紧地将我包围……当有一天，你发现，有人从来就不曾拥有这一切。或是曾经那么将你保护、替你负重的人悄然离去，世间哪有那么多的责任和义务，哪有什么理所当然？

我们总觉得，自己的辛勤付出，都是为了身边的人。不要将个人欲望，冠上爱的名义。也许，那不过是一场互换，以我的钟情付出，换你知我、懂我。我们想要的，不过是空谷幽响，我喊一声，那边就必须同样的回音。于是，越喊越起劲，越喊越兴奋。没有人会在无有回响的山谷间频繁地喊叫，倘若有，除了像师父这般的脑力残障，简称"脑残"，剩下的便是慈悲的佛陀了。也许，错的不是没有回报的对方，也不是辛勤付出的自己，不过是没有达到回报的预期罢了。

▲▲

你遇到的都是好事

　　在众善信弟子的陪同下来到法国，难以想象，千百年来，大洋彼岸的另一个世界，同样发生着不为人知的故事。

　　一个人坐在巴黎埃菲尔铁塔下的广场，看着不同肤色、不同种族的游人穿梭在这个城市，他们从哪里来？又要往哪里去？我们都在不停地穿梭于娑婆世界，寻找着生命的价值和意义。然而，我们始终难以等到那梦醒时分。也许我们都一样，总要在果报来临，才开始敬畏因果；总要在命运不济，才感叹时光如梭。微风吹过，塞纳河畔杨柳依依。

　　广场上，一群中年男人围在一起乐此不疲地扔铅球。或许幸福很简单，扔好这颗球就可以。

旁边，一位中国男子握着崭新的单反相机不停地换着角度拍摄埃菲尔铁塔。看他忙得不亦乐乎，我建议他去另一个角度以某一种构图拍摄试试，他望了我一眼，将信将疑地走去拍摄一组。回来后坐在我旁边，一边展示着刚拍的照片，一边开心说道：没想到呀，大师除了会指点人生还会指点拍照呢。我笑了笑。他紧接着问道：年纪轻轻的，为什么要出家呀？我指了指他的相机。"嗯哼，因为出家前跟你一样啊，玩摄影的。摄影穷三代，单反毁一生嘛。"惹得男子捧腹大笑，强烈要求加我的微信，表示突然对佛教很感亲切，日后要多加了解。我都有点崇拜自己了，是名优秀的传教士。

为期 15 天的欧洲之行，我领略了截然不同的欧洲文化，也让我感悟到，世界很大，大到每一个人就有一种生活方式；世界又很小，小到每个人的烦恼来源都一样。有人的地方就会有烦恼，有烦恼的地方就需要法雨灌溉。昨日，有弟子来信：师父，为什么人间有那么多的放不下，看不透，想不开。我说因为师父在遥远的地方啊，等明天太阳升起的时候，一切都好啦。

有人问我：师父，我们信佛，真的会得到佛菩萨的护佑吗？中国有句古话说：吉人自有天相。所谓吉人，就是善良之人；所谓天，就是你周遭的环境和磁场；所谓相，就是相助和护佑。意思是说，善良的人，会得到周遭的事物与环境的助益。

回来两天了，还是喜欢在这悠悠的岁月里漫步，飞得再远，爬得再高，都不如双脚踩在这黄土地上踏实。由于资金欠缺，寺院的建设工程今年将大幅减缓，除了将去年建造的三大士殿收尾完善并投入使用，接下来便是法师们继续自主修砌院墙和绿化工作。

回来不久，便号召法师们继续搬砖、筹备材料。振坤师便对振博师说："振博师啊，咱们的假期算是到头啦，准备搬砖吧。"这两日，两位江苏的善信大老远从徐州乘车至兰州，就是为了搬几天砖，令我感动不已。

有人发信息给我说：师父，最近我遇到了很多很不好的事，糟糕透了。我连忙回应：不不不，这世上哪里有不好的事情，都是好事。

也许你读过有关庄子的趣闻，每当有人向他说些什么，庄子就会说："好，很好！"这仿佛是他的习惯。如果有人说："我先生死了。"那庄子就说："好，很好！"仿佛没听见似的。若有人说：我家昨夜被偷了。庄子也会说："好，很好！"

某天有人对他说："你儿子从树上摔下来，跌断了腿。"

他随即说："好，很好！"因此人们以为他已经不晓得"好"这个字的意思。有天，村民便集结前去问他："你能告诉我们，你所谓'好'是什么意思？因为无论我们向你说什么，甚至不幸或噩耗，你都说'好'。你儿子从树上掉下来，还跌断了腿，他是你老年的倚靠，但现在却换成你要照顾他，这是个不幸，而你却称好！"庄子说："等等！生命是无法预期的。"

事隔一年，庄子所在的国家与邻国卷入战争，年轻人都被强制征召入伍，只剩庄子的儿子没去，因为他的脚跛了。于是村民说："你似乎料事如神，当你称好时，事情就转变成好的。"

庄子说："等等！别急，世事难料。"不久他儿子跟一位女子订婚，没想到女方隔天就悔婚，因为他们发现他再也无法正常走路。于是人们又说："到头来似乎还是一桩不幸。"庄子说："等等！别那么急着判断。"一个已经透彻人生的人不会着急去判断，他不会试图去避开任何事，因为他知道不论发生什么，都是好事。

不要去抱怨，为什么生命里有各式各样的烦恼？为什么我会有这么多问题，这么多痛苦？答案是：你没有从正确的观点

内心安详，从不荒凉

看事情。所有的坏事，都是我们选择了"坏事"这个名词，把它们称为坏事。如果你现在已经到了谷底，那么接下来的每一条路都是向上的路，一切只会变得更好，不是吗？天很黑的时候，星星就会出现。

▲▲ 不要和生活较量得你死我活

岁月在不经意间稍纵即逝，也只有在晚饭后，披一件衣裳，独自漫步在山坡上，从另一个角度看一看道场的建设，看一看周边的变化，仿佛这一刻才是我自己。我不愿让自己深陷这黄土的漩涡，所以才常常伫立在这山坡之上，好让自己知道来时的路和要去的方向。

树叶还在凋零，小草尚未发芽。生活永远都是这样，波澜不惊，朴实无华。有人说，光靠想象，都能知道出家生活的那一份悠然自在、从容淡定。然而生活哪里是这样，我常常感觉修道之人好比是一个洗碗工，每天重复着早课祈福、过堂用斋、参禅打坐、晚课忏悔。在晨钟暮鼓中磨炼一颗随缘自在的心，生活是那么的平淡无奇。

内心安详，从不荒凉

其实，只要认识生活的本质，或许就会多一份心安理得。生活不是生命的两头，好像要么让我生，要么让我死。生与死只需要一会儿工夫，剩下的是漫长的生活。

古时有一位金碧峰禅师，他是个了不起的禅师，有修有证，已断除诸烦恼，放下诸万缘。但唯独对皇帝御赐的玉钵爱不释手，每次打坐入定前，一定要先仔细地把玉钵收好，然后才安心地进入禅定境界。

想我山僧无修无证，人我两执。只盼望道场圆满，普济群生。然而，让我们起心动念的，兴许才是我们真正要放下的。

善信说："师父，我原来特别痛恨我的邻居，今天，她走了，我突然间感到难过，她的不好我一点都记不起来了，好像过往的一切都烟消云散了。"

我们和每个人的相遇，每一次对视，每一场纠缠，都是千丝万缕的因缘。这红尘生活的阡陌中，没有人能改变得了纵横交错的曾经。只是，在渐行渐远的回望里，那些痛过的、哭过的，都演绎成了坚强，那些不忍遗忘的、念念不忘的，都风干成了风景。何不试着去释怀，趁着他还在你的眼前。

有些人不管多么普通，整天像空气一样在你的周围，你以为每天睁开眼睛都能见到，可是当人走了，比一场春雪化得还干净，一丝痕迹都不留，你就真的，除了梦里，再也见不着了。让我们学着去谅解，趁着他还在你的眼前。

少一分怨恨，多一分快乐。人人都有痛苦、伤疤，经常去揭，会添新伤，学会忘却，才有阳光。年华，不是埋葬在光阴里，而是淹没在无尽的牵挂里。心若像风，来去自由，人生就会多些轻松自在。学着去放下世间那些恩怨瓜葛、烦恼纠缠吧！

生活不是电视剧，一会儿甜蜜得虐死这些"单身狗"，一会儿又悲伤得浪费卫生纸。好像剧情不够激烈就不足以吸引观众，往往不是身体上的鼻青脸肿，就是心灵上的伤痕累累；不是家庭的四分五裂，就是亲情的分崩离析。很多时候，我们都希望生活给自己一个答案，要么让我赢个人生的大满贯，要么让我输得一无所有。要是生活真有这般简单，那倒也是一种解脱。我们在漫漫人生路上行走，在百感交集中历练，在内心的抗争中自我救赎，生活的模样，从来都是我们期许的样子。

不要把日子过得那么波澜壮阔，曲折离奇，生活的常态无非是一碗饭，一张床，一条路。不必去和生活较量一场你死我活，生活这件事，活好了是磨炼，活不好是摧残。也不要试图想要生活给你一个交代，能让你活到现在，已经是"导演"最大的慈悲。

▲▲

内心充盈，不惧邪魔

　　六月的花语，是幽幽低诉的馨暖，蘸一笔春色的素净融入锦帛。抬头便看见，那沾着露珠的心事在枝叶上闪烁，于是，便依着某种情绪的色彩在笔墨里穿行。一铲沙土，一块板砖，尽情豪迈地把囤积的悲欢逐一落位。

　　有人问我，现在条件不再那么差，为什么您还要自己带队搬砖砌墙呢？我想，这人世间的所有行走，不是为了去做寂寞的旅人，而是为了去邂逅、去遇见、去珍藏被岁月柔软包容的美好。当我看到那一句：这世界，我来过。这几个字让我久久沉浸，不能自拔。是啊，那些爱，那些暖，那些在细水长流的岁月里，由相见不相识的泾渭分明糅合成触手可及的温润，不曾错过与千万人之中一眼倾心的灵犀和默契。

常常在劳累的时刻就地坐下来，仰望蓝天。这样的湛蓝、辽阔、包容，似乎可以洗涤尘世间所有的喧嚣。你看，天边那云卷云舒的柔情是浓缩在光阴里的一阕婉约轻扬，仿若无数次描摹过的一念情深。在我眼里的浪漫，莫过于这沙与砖的结合。我常常被这帮法师与义工们感动着，那疲惫而又坚定的脚步，那粗糙却又欢喜的脸庞，那一如既往心的陪伴，如同存储在记忆里的沉香。原来，所有的美好，都是那么的简单。

落雨了，清幽着心的阑珊，潮湿了一季的笑靥。我相信，未来的某一天，我们终会在这里相遇，漫步在禅院的每一个角落，轻抚院墙的每一砖一瓦，轻抚那些过往的日子。

当手指开始肿起来，那种钻心的麻痒来袭，我知道，是冬天真正来了，因为老毛病冻疮犯了。落下这毛病有七年时间了，记得那是 2010 年 1 月，常住开原寺没多久，尊敬的方丈把我调任至衣钵阁，负责往来信件的收发和日常文件的整理工作。那时候道场条件还不是太好，我在约 400 平方米的法雨堂的角落里支起一张办公桌，便正式开启了我的文秘工作。偌大的法雨堂并没有供暖设备，我常常围着一件厚厚的羽绒服，仅仅露出十只手指在键盘上飞跃着。那时候就在想，可不要落下什么病根，到了第二年冬天来临的时候，果不其然，手指便落下了这冻疮的毛病，而且从此以后，每年冬季都如期而至。

那几年，是我最美丽的青春时期，也是我成长最大的岁月。然而，真是应了那句，成长总是需要付出代价的，或这样，或那样。

前几天有善信来看我，茶语间谈到了关于孟子主张的"性善论"与荀子主张的"性恶论"。问我佛教是如何看待这个问题，人是佛性多一点，还是魔性多一点？

佛教说众生皆有佛性，好像是性善论；又说众生皆由于有史以来的无明覆障而致尚未成佛，好像又是性恶论。其实佛教既不主张"性善论"，也不主张"性恶论"。当我们的内心充满了善良、友爱、欢喜、慈悲……此时的我们，就是佛陀的化身；当我们的内心被贪欲、嗔恨、愚痴占据，此刻的我们，与魔无二。我们要成佛还是做魔，在于我们对于自我内心的填充和驾驭。愿这深夜皎洁的月光，明日清晨明媚的阳光，洒满你的心膛。

第二章

不以物喜

不以己悲

若无闲事挂心头，

便是人间好时节。

▲▲
所有吃过的苦，
都会结出成熟的果实

　　总是感觉时间不够用，才刚刚吃过晚饭闲下来，天便迅速黑了，大家都搬张凳子坐在院子里读书。夜里的山上，寂静而清凉。大家认真看着书，一旁的小猫咪，淘气地跑来跑去，或追着尾巴自娱自乐，像是大家最好的伴儿。一直读到22时30分，大家才陆续洗漱休息。振德师问我：师父，为什么总要求我们读书呢？我说，这是最好的行囊。

　　生命是一场公平的竞争，活出什么样的色彩，取决于自己面对生命的姿态。不要埋怨上苍没有眷顾，只有我们站得高一点，笑容更灿烂一点，才容易被上苍看得见。有人说，为什么我等候了这么多年，都得不到上苍的眷念。倘若生命暂时没有安排，我们要做的就是安安静静地准备行囊，认认真真地生活，专心致志地工作，这便是人生起航最有用的行囊。

人生是一路悄无声息地前进。你觉得一直没有起航，其实已行走江湖多年。我们总是盼着、等着，等什么时候买了房子，我的人生才刚刚开始；等什么时候升职了，我的人生就起航了；等什么时候结婚了，才开始我的崭新人生。等待着什么时候翻身，等待着进入人生的另一个阶段。不要再等了，人生这条路，等来的只有终点，没有起点。不知从何时起，我们早已经行进在这条大道上，从容地面对当下。莫要等备好行囊，行囊早已在你的肩上。

人生的这条路上，苦难是伴奏乐，挫折是调味品。不要埋怨那不堪重负的行囊，没有伴奏的声乐不甚美妙，没有调味的饭菜难以下咽。生命里的每一场安排，都是特意的安排，当我们一路行走下来，就会发现，往日里吃过的苦，受过的伤，都是对自己最好的历练。这行囊，使我们练就一副坚实的臂膀。

旅行对我们来说就是一个很好的历练。

对很多人来说，敦煌都是一个梦，一个遥不可及的梦；也是一个谜，一个深不可测的谜。带着崇敬的目光，我终于来到了敦煌莫高窟，这也是我第一次见到莫高窟，这一天终于到来。

那么修建莫高窟的渊源是什么呢？

莫高窟始建于十六国时期，据唐《李克让重修莫高窟佛龛碑》一书的记载，前秦建元二年（366 年），僧人乐尊路经此山，忽见金光闪耀，如现万佛，于是便在岩壁上开凿了第一个洞窟。此后法良禅师等又继续在此建洞修禅，称为"漠高窟"，意为"沙漠的高处"。后世因"漠"与"莫"通用，便改称为"莫高窟"。另有一说为：佛家有言，修建佛洞功德无量。莫者，不可能、没有也。莫高窟的意思，就是说没有比修建佛窟更高的功德了。

到了盛唐时期，莫高窟无论在数量上还是在造像艺术上都达到了空前的高度。那时候，不管是达官贵人还是地方富庶百姓，都要在这莫高窟凿个或大或小的洞窟造像供奉。出现一度没有地方再可以开洞造像的现象，人们只好在旧的上面再画一层。

导游介绍的两个故事让我记忆犹新。

一批白俄罗斯人在本国起义失败后逃窜到敦煌，被逮捕了起来，当时这么多的人怎么关押呢？官兵就想起了莫高窟，离闹市甚远，前不着村后不着店。于是几百个白俄罗斯人就吃喝拉撒在洞窟里，我们可以看到洞窟的壁画上还刻着很多俄文，后来经人辨认，大多都是写骂人的话语，莫高窟的命运可谓是蜿蜒曲折。

提到莫高窟，当然不能忘记的便是王道士。在导游的带领下，我们参观了部分石窟的造像。每参观一个石窟，导游都会提到王道士，因为石窟的造像大多经过了清朝时期的修整，在唐朝的造像上"涂"一层让人哭笑不得的漆。

　　导游一边介绍，我一边看着墙壁上一道道被破坏过的痕迹。莫高窟就是这些伤痛和泪水的见证，它吃了这么多的苦，才有今天这样的"果实"。那么我们呢？

　　不要忘记，所有吃过的苦，都会结出成熟的果实。

内心安详，从不荒凉

▲▲

远离颠倒梦想，究竟涅槃

夜晚，天空的明月像一把手电筒照着我前进的道路，我走一步，它也走一步，我停下来，它也停下来。都说明月连着心，这下我信了。上山的石子路，像泥潭一般，疲惫的身体走得愈发艰难。回家的路，总归有一段迷茫的雾和一份坚定不移的信念。我会回家的，终有一天。

今天，妙音天女敬善媛老师及我大学时期的语文老师——上海复旦大学博士后、扬州大学教授黄诚老师赶来支持22日寺院的奠基法会，让我特别感动。与黄诚老师相识十年的时光里，我们亦师亦友，老师学识广博如海，为人谦卑似竹。他总说，在文学上他是我老师，在佛学上，我是他老师。晚上，老师与我坐在寺院的彩钢房里，谈古论今，指点江山。老师的一席话，让我很受用。万事万物的核心是思想，就如满园的牡丹花，如果没有它丰厚的文化底蕴，它就空有美丽的花瓣外衣；文学亦是如此，文章如果没有思想灵魂，充其量就是"码字"；道场建设更是这样，道场没有僧宝，没有佛法教育，纵然修成天堂，也只能算是人造景观。

送老师回房休息，回来已是半夜。回来时，大家都休息了，唯独院子里亮着一盏灯等待着我回来。月光照在大殿的琉璃瓦上，亮堂堂的，照耀着大地，也照耀着我的内心世界。一个人心里牵挂什么，就会被什么所束缚。建设道场亦是如此，如果我的心里被这道场的建设所牵挂，就装不下其他东西。我想，菩萨给我的使命，不仅仅是修建这所道场，守着这所道场。道场修建于陇原，佛法弘传于大地。我们为它付出，却又不执着于它，我们的内心里牵挂什么、执着什么，我们的世界里就只有什么。

寺院的建筑工程仍然在有序地推进着。前院的地砖铺设工程已经全面结束，这几日在砌花池围栏，完整、崭新的面貌已初步得以体现。站在院子里，内心不由得欢喜、激动。

收到很多善信弟子来信诉说烦恼，重点都是些学佛上的苦

内心安详，从不荒凉

恼，我在这里一并与大众分享。

有善信弟子和我说："师父，最近有些时日没有诵经了，都没心思好好工作了。"

快省省吧，还让不让师父们吃饭了。你看，出家人自古以来都是友好的人群，他们从不跟别人抢饭碗。很多人每天告诉我，今天诵了这部经那段咒，领导一不在，就在办公桌诵经；刚吃过晚饭，家里都没收拾，就开始持咒。我一听，完了，诵经持咒都让你干了，我干吗呀？不会是让我去上班，在家持家吧？学佛的根本，便是要远离颠倒梦想，究竟涅槃。而我们，似乎又在颠倒梦想，以为诵经持咒便是学佛，佛陀诵经吗？佛陀持咒吗？以为吃素就是学佛，那食草动物，个个早都成佛了。从经典中汲取智慧，从吃素中培养慈悲，当我们获得智慧与慈悲。时时刻刻、在在处处、心心念念的学佛，是让我们把佛陀的智慧和慈悲应用到工作、生活当中，以佛陀为榜样，去做一个自利、利他的人。

"师父，自从学佛以后啊，就对身边的很多事，很多人，都看不惯，该怎么办？"

如果你的修行，只是不断发现他人的问题，那么你所谓的修行就落入了烦恼的陷阱；如果你的佛法，只是为了讲给他人，那你所谓的佛法一定会成为世间八法的奴役！没有调伏自己就不可能影响他人，因此要先调伏自己！没有更高超的洞察力、感知力，就无法成就有情众生的安乐，因此要精进修行。

内心安详，从不荒凉

▲▲

微笑着面对生活

　　过年了，大家都忙着各种饭局，各种聚会。见到了想见的人，也有些人却再也见不着了。有人说，为什么生活里充满了遗憾。大海因为有了波澜所以更加雄伟壮阔，人生因为有了遗憾所以更加珍惜懂得。倘若未曾有过遗憾的伤，今天也不至于坚强。谁今天的坚强，不是用那些缺憾构筑起来的？

　　天黑了，一个人漫步在山顶上，已经有好些时日没在这山坡静坐了。记得上一次，已经是五个月前的事儿了，那晚的月亮也像今天这样明亮。我痴痴地望着山外都市的霓虹，那么遥远又那么熟悉。我承认，承认我对梦里江南的眷恋；我也坚定，坚定在西北佛法的弘传。今天再一次坐在山坡上，已经没有了上次寒夜的颤抖，没有了振法师，没有了小智，也没有了德旺。

我们来到这个世间，每个人都有自己的使命。我们相互陪伴着走过一场，然后就消失在人海之中，珍惜每一个人的缘分，也尊重每一个人的选择。每个人来到这世间，都有自己的使命，或大或小，都弥足珍贵。就好比我无比怀念的德旺，在那么多漆黑寒冷的夜晚，陪伴着我们穿越山丘、越过雪地，度过严冬，当春天到来，我再也没有见到过它的身影。月光下的我，如果此刻有什么愿望，我只想再见你一面，让你坐在我的身旁，告诉你，那些你不在的日子，我们走过的每一天。

　　生活的道路上，难免会有些崎岖坎坷，不要对生活那么苛刻，那些过往的云烟，不要去追究对错。人生本来短暂，又何必去栽培苦涩？学会微笑着面对生活，坦然地原谅生活，善待地放过生活，勇敢地热爱生活。汪国真说：我微笑着走向生活，无论生活以什么方式回敬我。报我以平坦吗？我是一条欢乐奔流的小河。报我以崎岖吗？我是一座庄严思索的大山。报我以幸福吗？我是一只凌空飞翔的燕子。报我以挫折吗？我是一根劲竹经得起千击万磨。生活里不能没有笑声，没有笑声的世界该是多么寂寞。什么也改变不了我对生活的热爱，我微笑着走向火热的生活！

　　不要因为一点点的挫折，就折磨得自己心烦意乱；不要因为一丝丝的迷茫，就失去了对生活的美好向往。现实和理想之

　　　　　　　　　　　　　　　内心安详，从不荒凉

间，不变的是跋涉；暗淡与辉煌之间，不变的是开拓。以一颗豁达、安详的心面对人世间的成败得失，以一种随遇而安的心态应对生活里的荣辱苦乐。随缘不是让我们散漫消极，而是在因上积极努力，在果上随缘自在。

下午，寺院里来了一位善信，他说："师父，您帮我看看吧？"我笑了笑，看什么呢？算命？看风水？其实佛教并不主张算命、看风水。单纯地对于生活，我更相信"磁场"，一个人积极、乐观、活泼、蓬勃向上，那么他吸引来的磁场也一定是幸运的，所以我们说越积极越幸运。如果说我们整天郁郁寡欢、死气沉沉，那么招之而来的也会是所谓的霉运。佛教讲因果，什么是因果呢？在电梯间，因为你对一个人微笑，所以他也回应你点头示意。要知道，我们做过的任何事，给过别人的任何感受，在不久的将来兴许就会是另外一个人以另外一种方式回报在我们自己身上。所以，不必去算什么命，做一个善良的人、慈悲的人，便是最好的风水、最好的命。什么是慈悲，慈就是给一切众生乐，悲便是拔一切众生苦。因为我们做一个能给别人快乐的人，做一个不忍心众人受苦的人，所以，我们常常获得的也是快乐，我们也不会受伤害，这便是因果。

世间少有一直风平浪静的海，同样也少有一生万事如意的人。无论我们多不愿意，在我们生命中，或多或少都会有一些遗憾。也许是一个未能见到的人，也许是一件未能完成的事，也许是一句来不及对别人说的话。

曾经年少，以为很多事都来得及，可谁又知道，当初以为的来日方长，如今回首，却只能叹世事无常。人的一生，可能长到几万个日夜，也有可能短到静止在下一分钟。生命无常，世事难料，有些事，今天不做可能就永远没有机会了。有些事，一旦错过，哪怕只是一分钟，也永远回不去了。

看着乐乐在院子里欢乐地玩耍，时光如水，经年匆匆，我们在这条道路上被迫长大。那些曾经熟悉的场景如今却只能出现在梦里和心底，偶尔梦到或想起都感觉是那么的惊喜。忘却那些无辜的痛，收起那些遥远的伤。抬起头望着远方，愿你不会在热闹非凡的一瞬间黯然神伤，望你不会在欢声笑语的一刹那孤独失落。

生命起起伏伏，一路难免缺憾，所幸回首往事，还能心思坦然。那些生命里的遗憾，每一次想起，亦感谢，亦惋惜。

内心安详，从不荒凉

▲▲

不给别人添麻烦，更别给自己添麻烦

　　忙完白鹿禅院的法会，便继续东行，赶往素有"中国木雕之都"之称的东阳考察古建筑。都说一路向西才是解脱的方向，不知我为何总是东西之间反复奔波，也许是障深福浅的缘故吧！

　　一日穿梭了三座城市，办理完相关的事宜，到了夜里，同行的朋友购买好了电影票，邀请我去看一场朝圣之行的《冈仁波齐》。早已疲惫不堪的我，又怎忍心辜负大众的一片心意和刷爆朋友圈的影评。

　　人生是一场相伴而行，我们都因或这或那的因缘，抑或是因为同样的业力，相遇、相聚、相伴走过，无论是朝圣还是人生。一路上，有新的生命诞生，走进我们的生活，加入了我们的朝圣之行，我们为他欢喜，为他祝福，然后继续上路；也会在某一个清晨，一觉醒来，有人便从此离开了我们，我们为他祈祷，为他超脱。朝圣的路，人生之路从不会因此停滞。

有人说，一生中必须要去一趟心中的神山，去朝圣，去洗涤自我。而我觉得，你已经穿越了一座又一座"布达拉宫"，翻了一座又一座"冈仁波齐"。还记得刚毕业找工作那会儿吗，你穿梭在各大公司去应聘，一日下来，在烈日炎炎下疲惫不堪地坐在公园小路的椅子上，休息片刻，又毅然决然地走向下一家公司。还记得家里遇到了大事儿，所有的压力都压在你的肩膀上，你决定爬着也要蹚过这条河。还记得你工作失利，呼出的气都能变成雾，三月的雪啊，你在风雪中眯着眼，弯着腰艰难地前行，每一次跪拜，都在问春天何时来。你说，你要去那心中的冈仁波齐。我想问，你又何曾停下过脚步？

朝圣，这是一条生活之路。

午后的阳光懒洋洋地遍洒在山坡上，没有风，山的向阳面就显得格外暖和。山坳的蓄水池里结了厚厚的冰，大家嚷嚷着要去滑冰。我在山坡上找一块平展的地方，铺上几张废旧的报纸，慵懒地坐下来，微闭着眼享受这冬日暖阳，真是享受极了。我转念一想：大西北的紫外线这样强，这样直晒在阳光下，不会晒黑了吧？！谁让咱明明可以靠才华吃饭，却非要靠这张脸呢。人生就是这样，当我们享用一件事物带给我们的欢乐时，就要同时做好承担相应后果的准备。正当我打坐思考这个历史性的哲学问题时，手机响了，是一条短信：师父，您说在我们日常生活中，怎样才算是修行呢？

我没有回复，人生这么美妙，哪有工夫思考那么多问题呢。冰面上，乐乐坐在一块木板上，振博师在前面用一根绳子拉着，振德师和振皓师则在后面推着，很快，速度就提了上去。当速度达到顶峰的时候，大家都松开了绳子，乐乐便任由木板在冰面上滑行远去，冰场上充斥着欢乐又刺激的尖叫声、欢笑声。当然，还有一屁股端坐下去的冰震声和疼痛的呻吟声，让我这个在山坡上晒太阳的闲人也看得格外欢乐。我发现，人活一世，像极了这滑冰场。我们在里面自娱自乐，时而欢笑，时而悲伤；我们在其中辗转来回，乐此不疲；我们在其中痛并快乐着。冰场上的各种声音此起彼伏，我坐起来，拍一拍腿上的土，慢悠悠地往回走。

是啊，修行到底是什么呢？我想了半天。也许，修行就是不给众生添麻烦。

修行是一种担当，是力所能及的事自己做，是不给众生添麻烦。生活中不给父母增添烦恼，不给丈夫、妻子增添压力，不给孩子增添负担。修行是一通报喜不报忧的电话；修行是一场小别重逢的拥抱；修行是一场"这一年，你辛苦了"的问候。

修行是一场体谅。去切身地理解对方的难处与不易，不去问为什么还没有找到对象，不去抱怨为什么赚了这么点钱，不去嫌弃为什么只考了这么几分。不去羡慕，谁家的儿子多好，30岁了还每天给父母端茶倒水。你应该想到，自己的儿子独立又优秀，而别家忙着给父母倒水的儿子很有可能是"啃老族"。

修行是不给别人增添麻烦，更是不给自己增添麻烦。生活的道路上，我们会经过荒野、高地、沼泽、雪地、雷雨，当然也会遇到阳光明媚，还有一望无垠的高速公路。无论遇到什么样的风景，这都是人生的必经之路。不去较劲，不跟自己过不去。放下那些内心的执着与偏见，放下那些伤害自己的憎恨与傲慢。先放自己一条生路吧，不要把自己囚禁在贪欲、嗔恨、愚痴的牢笼里。

▲▲

人间万事皆寻常

倚一扇小窗，看几件寻常旧物，闲坐在月光下。案几上，清风翻起了书页。时光就这样过去了，过去了。如今才明白，外界的纷纷扰扰皆是无常，那些简洁而灵透的事物流经岁月变更，始终沉静，不受侵扰。

人这一生，到底需要多深的缘分，才能相遇相知；又需要多大的转折，就这样悄然离去。时光越老，人心越淡。曾经说好了生死与共的人，到最后老死不相往来。岁月是贼，总是不经意地偷去许多美好的容颜、真实的情感，以及幸福的生活。也许我们无法做到视若无睹，但也不必干戈相向。

佛说，烦恼即菩提，生死即涅槃。每个人都有一块属于自己的三生石，在那里，可以清晰地看到自己的前世今生。那些曾经奔走于陌上红尘的人因此而开悟，决意听信因果，愿生命化作那朵莲花，功名利禄全放下。

过程是什么？过程是饮尽千江之水，赏遍万古明月。看一卷泛潮的书，重复几段老旧的故事，演绎几场注定的离合。素履之往，行走人间，看白鸟惊枝，落花满身。一个人开悟不是因为有富足的家产，不是有深邃的思想，也不是有出众的才能，而是有玄妙的机缘，有朴素的禅心。

行吟山水，一梦千年。看过姹紫嫣红、莺飞燕舞，又见竹风穿庭、碧荷生香；看过落霞孤鹜、秋水长天，又见素雪纷飞、寒梅傲枝。其间有不少清凉冷落的场景，也不乏亲善温暖的片段。就让时光这样老去，洗尽铅华的你我，只守着一扇小窗，看旧时庭院，飞雨落花。远处，钟声缥缈，隔世经年。只要拥有一颗平和宁静的禅心，便能阻挡世间一切浩荡风云、起落浮沉，就能看清一切灵透事物。哪怕置身茫茫荒野，也不会误入歧途，陷入迷惑。一无所有的时候，只守着自己的心，自可安然无恙。

禅是甘露，滋养众生；是妙药，普度万物。人间万事皆为寻常，也皆是无常，唯有走过，才能从容自在，才能体味梦幻泡影的空无玄机。光阴如露，日影如飞，见远山石径，萤虫明灭闪烁。再相逢，已是落叶空山，归鸿望断，人生近迟暮。

内心安详，从不荒凉

一盏清茶，喝到凉却。一出戏，看到落幕。一生要修的功课，也会在某个掩卷的时刻，写上结局。云水无涯，浮世清欢，这珍贵的世间，你来，在这里，你去，还是在这里。那便简单地存在，万物化尘，随喜赞叹。

▲▲

别把匆匆岁月过得面目全非

又是一年腊八节，寺院里开始忙碌着煮腊八粥，原本冷清的山上，一下子变得热闹了许多。

好像自从有了记忆，腊八节便是生活中不可或缺的一部分。都说过了腊八就是年，记得小时候，每逢腊八节，母亲都会在家里煮上一大锅腊八粥，那时候的原料好像只有一样，就是灰豆子。当我从晨曦中醒来，母亲便为我盛上一碗可口的腊八粥，告诉我，这是代表着健康平安、五谷丰登的腊八粥。而后，便跟着母亲和邻里一同前往村里的寺院。到了寺院，大人们便去忙碌，我和小伙伴们便在院子里嬉戏。我喜欢来寺院，因为这里可以和很多的小伙伴相聚，我们在这里结为兄弟，在这里畅想未来，当然，到寺院门口来赶集的杂货摊也是吸引我

内心安详，从不荒凉

的重要原因。后来我去了很多地方，吃过各种风味的腊八粥，每一种都比小时候的更为丰富和美味，但小时候那一碗单纯的灰豆子，却是我回不去的童年。

后来出家了，才明白，腊八节除了是我们中华民族的传统节日，也是释迦牟尼佛成道的日子。在这一天，全国的寺院都会煮腊八粥免费为大众布施。让我记忆最深的是无锡的腊八粥。江南的煮粥方式与北方不同，北方的腊八粥偏甜一些，原材料也比较细致；江南的腊八粥却要放青菜、芋头、山药等，味道也是偏咸一些。那时候，我并不是很喜欢吃咸味的腊八粥，总是只盛一点点，而且要避开大颗粒的芋头、青菜，只喝一点点米粥。然而今天，我多希望再能喝一碗别具风味的江南腊八粥，一大碗。

转眼，春天便到了，终于不再那么寒冷了，可以在傍晚披上一件薄薄的外套，借着微弱的月光在山坡上行走，找一方高处坐下来，看着山外的行车一辆接一辆奔驰而过。我多希望，时光就定格在这一刻，任微风吹过，带走那白日所有的尘垢。

回到屋里，坐在窗户边，从书架上取下一本书，我并没有翻开它，只是望着它静静地发呆。突然，屋顶上一阵轻轻的滴答声，哦，是下雨了。当纷飞的大雪转换为羞涩的小雨，时光也仿佛被切掉一段。正如朱自清所说："洗手的时候，日子从水盆里过去；吃饭的时候，日子从饭碗里过去。默默时，便从凝然的双眼前过去。我察觉他去的匆匆了，伸出手遮挽时，他又从遮挽着的手边过去；天黑时，我躺在床上，他便伶伶俐俐地从我身上跨过，从我的脚边飞去了。等我睁开眼和太阳再见，这算又溜走了一日。我掩着面叹息。但是新来日子的影儿又开始在叹息里闪过了。"

我常常想，为什么这平淡无奇的岁月，会被我们过得面目全非。太阳落下了，还会升起，不管你是欢喜还是忧伤。在这光怪陆离的人间，没有谁可以将日子过得行云流水。但我始终相信，走过平湖烟雨，岁月山河，那些历尽劫数、尝遍百味的人，会更加生动而干净。时间永远是旁观者，所有的过程和后果，都需要我们自己承担。

内心安详，从不荒凉

▲▲
人不行莫怪路不平

　　兰州五月的天气，变幻莫测，早上还是晴空万里，中午便乌云密布，到了夜里又是阴雨绵绵。有趣的是，几乎日日如此，仿佛被点了循环播放一般。我倒是希望如此，仿佛一成不变的人生不够绚烂，不足以慰藉那颗寂寥的心。

　　吃过晚饭，我们全员出动到山坡上散步，上次这样集体出来散步，好像已经是非常遥远的事情。翻过一座山，会有一片薰衣草，上次步行到这里还是在去年，今日又见到它们绚烂多彩，而身边的人也早已换了面孔。我们静静地走着，乐乐则在前面活蹦乱跳，欢声笑语，成了气氛的调节剂。

　　白日里，有位善信来找我："师父啊，最近身体总是不舒服，工作也不顺心，是不是哪里不合适了？"我说："身体不舒服，可以先到医院检查；工作不顺心，应当检讨自我。"他连连解释："不，不，不，我知道自己，不是我的问题，请法师您大发慈悲，帮我看看，哪里出了问题，该花的钱，咱花。"我连忙解释道："山僧才学疏浅，这个'看'，还真不会。你要真是想找个人看看，咱们当地盛产各类大仙，那里能治各类疑难杂症，基本上付了钱就能办得到。咱这不行，治病这回事儿，山僧只会一招——'砖治百病'，要不咱试试？"

更有甚者，前些日子上山找我："大师，今年总是不顺呀，想请您到我家祖坟去看看，是不是哪里出了问题，是否有必要迁坟？"我听后都替他祖宗捏了一把汗。中国有句俗话："人不行，莫怪路不平。"遇到问题不从自身找原因，竟动脑筋找祖宗麻烦。这祖宗也不好当，想来望子成龙、望女成凤还是有原因的，因为要是后代万一成不了龙凤，别以为你走了就解脱了。今天刚躺下睡安静，明天给你挖出来换个地方睡。理由很简单：风水先生说了，您睡觉这地儿，阻碍我大展宏图啦；这么多年没发家致富，都是您睡的地儿不对。

近日来了一位衣着得体、相貌庄严的女子，闲聊之余与我讲起了一些过往的伤心事，自己大学毕业，成家后即放弃工作一心一意相夫教子，洗衣做饭带孩子，无所不精。当然，也熬成了别人口中的黄脸婆，自己却浑然不知。终于有一天，丈夫出轨，如同晴天霹雳，带给了她难以言说的苦痛。再到后来，她将孩子交给公公婆婆照顾，自己重新开始找到工作，后面的剧情也如大众所愿般反转。她问我："师父，我一直认为内在美才是真的美，佛教也说一切的色相不过是副臭皮囊而已，为什么现实生活却往往背道而驰？"

没等她说完，我便默默地从身边的桌子上拿起小镜子，偷偷地照了好几遍。想我平日只顾搬砖砌墙，洗衣做饭，不正是典型的"家庭煮夫"吗？看到日渐增多的银丝和悄悄泛出的鱼尾纹，我便不禁一身冷汗。俗语有云：人靠衣装，佛靠金装。大众见到诸佛菩萨圣像，首先是因为菩萨之巍峨与庄严，五体投地，心生欢喜，进而了解佛陀之教义，修佛法之广博。佛经也记载，佛陀在世，具三十二相，八十种庄严。可见，任何的偏执都不是佛陀之本怀。所谓修一切善法，而不执着其中。

想到这里，我默默地给振博师发了一条信息：箱底还有两片面膜，晚上洗漱时记得提醒我。再一次拿起镜子看了一眼，我忽然间明白一个道理，我这种长相，菩萨安排我待在山里是对的；也深深明白，那些没有抛弃山僧的，一直以来默默关心和护持山僧的，都是真爱哪！

有不少大学生及即将高考的同学来信问我，能否在假期来寺体验学习，在这里统一回复一下：寺院在夏季会组织正式的大学生夏令营，但寺院住宿条件有限，名额只能限定在二十人以内。夏令营活动食宿全免，也没有其他费用，大家可以早些联系，以留床位。

最近有很多人问我：师父，我想成就一番事业，为什么遇不到一个跟我合适的搭档？师父，我今年都28岁了，为什么遇不到合适的那个人？合适的人，跑哪里去啦！

是啊，合适的人都跑哪里去了呢？我想，合适的人都在路上。你想成就一番事业，要等到合适的人才出发，你永远都等不来那个所谓合适的人，因为停下来的人，怎么可能会是与你志同道合的那个绝世搭档呢？出发吧，只有在同一条前进的路上，才会遇到那个对的人。比如说，只有你去比萨店，那里到处都是爱吃比萨的人；你去欧洲旅游，就会遇到一大帮喜欢欧洲风情的伙伴。而不是待在家里着急地想着为什么没有合适的人陪我去吃比萨、陪我一同去旅游？同样，你不从自己的内心走出去，又怎么会遇到那个与你情投意合的伴儿呢？

不要停留在那里，让合适的那个人、那件事、那份缘分，等你太久。

▲▲

人生是一场温暖相拥

　　终于还是回到了这念念不忘的山上，清晨的梵钟、夜幕下的鼓声，一切都如旧。在禅院施工的匠人因为连续十天的秋雨绵绵耽误了几天。都说这世上，没有绝对的好事抑或是坏事，这不，虽然耽误了禅院的工期进展，但这绵绵无绝期的秋雨却让原本光秃秃的院子里长出了不少杂草，绿意横生。

　　借着几分凉意，添一件衣服，在这院子的每一个角落都行走一遍。老人常说：人要接地气儿。再华丽的高楼大厦都比不上双脚踩在这泥土之间来得踏实。交谈起般若禅院的工期，大约将在 11 月份全数完工。一年又在眨眼间悄悄溜走，有一些恐慌，还有一些不舍。世事一场大梦，人生几度秋凉？夜来风叶已鸣廊。一年年，一日日，如秋梦般划过，不知人生百年，终究会留下些什么?

乐乐开学了,由于老学校拆迁,换了新的学校,比起原来的小学又远了几里路。因为寺院在山上,校车只能送到 3 公里外的一处集合点,所以,每日的接送也是一项繁重的任务。乐乐上学让山僧感到自己也跟着上了一会儿学,许多的工作都是需要家长配合一起完成。那些父母真是伟大。

转眼便是六一儿童节了,原谅我不是一个合格的父亲,甚至说还没有学会做一个父亲。前几天,在学校的家长微信群里看到有演出的消息,需要为你买一双白色的球鞋,可是你的父亲只顾着砌墙搬砖、完善道场,将这件事情早已忘记到九霄云外。直到今夜坐在窗前,才想起来这件事,再和你班主任联系时,老师已经为你借了一双。我不知道,明天的六一儿童节,你穿着一双借来的白球鞋,会不会失落和埋怨。

你来到我的身边已经接近一年啦。一年前,我顶着无数人的反对与劝导将你带在我的身边,大家告诉我,抚养孩子不同于单纯的帮助别人,需要付出很大的精力和心血。我还是毅然决然地让你走进了我的生活,我想,我只是想参与你的成长,这是我能想到的世上最美丽的事。

随着在寺院的时间越来越长,和大家一起生活得久了,你也成了最懂事的孩子。每到周末,大家都在干活的时候,你都

内心安详,从不荒凉

会跟着一起去搬砖，做一些力所能及的事情；到了晚上，所有人都休息了，我坐在电脑前写作，你总会端一盆洗脚水进来，或者生疏地切一盘大小迥异的水果，再或者倒一杯茶水，一日的疲惫，就在这一刻烟消云散。

前段时间，我外出办事七八天，一天夜里很晚了我还在与大众交谈，也是身心疲惫。忽然收到了你振皓哥的微信：师父，您现在方便吗？乐乐说想爸爸了，想和你视频。我忽然间明白了所有的父母永不停歇地辛勤付出和某一瞬间的欣喜快乐。

我相信一切都是最好的安排，谢谢你，让我体会了人间滋味。佛法在世间，不离世间觉，自此以后，我理解的佛法不再是那么空洞与无助，而是生命中真真切切的体会。人生是一场温暖相拥，愿我们欣喜相伴，一路同行。

▲▲
热爱生活，拥抱清晨

忙完了禅院的琐事，承诺了许久的江南终于成行。落了地，虔诚的善信弟子们早已恭候。我想这世上最幸福的事，莫过于无论何时、无论何地，总有那么几个人在默默地守候与护持着你。

赶上了江南的雨季，淅淅沥沥地不肯停下来，适应了在西北旷野中指点江山的山僧，仿佛一下子被囚禁在了这江南烟雨中。到了夜里，还是惦念着去看一场电影，走一走那熟悉的路，看一看如今的变化。雨不停地滴打着车窗，好在我依然能经过大街，穿过小巷，到达目的地。看完了电影已经是半夜，这座我曾无数次进进出出的停车场，明明那么的熟悉，却又那么的陌生，突然间悲心油然而生，因为，好像这一切，将不再

内心安详，从不荒凉

属于我，这座停车场，这座电影院，这座城……

　　这，是我从来没有预料到的。因为我从来没有想过，要离开这座我深爱着的城市。直到今日，我依然不愿意承认，而这一切既成事实。

　　有很多人找我，要我帮忙看看未来的运程、前方的抉择。

　　何必要预测，不过是一场因果轮回。曾经的每一个起心动念，诸业造作，成就了今日的跌宕起伏或因缘巧合；曾经的豁达或狭隘，决定了当下的自在或苦痛。与其说这一切来得猝不及防，不如说早已是自我注定。何必去预测，其实你早已尽知所有。

　　何必要预测，活一场问心无愧。去热爱生活，去拥抱每一个或晴或阴的清晨，去向每一个陌生人微笑问候，不论明天在哪里，顺利与否，都不影响我们积极阳光地行走在这世间。天涯海角，随遇而安。

　　听说兰州下了雪，大家在漫天飞舞的雪花里欢呼雀跃，我来不及，因为我在忙着与江南告别。车窗外快速闪过的那些山山水水、高楼大厦，农家小院的屋顶上飘起的那一缕炊烟，这些无不在渲染我脑海深处的酝酿。终究还是默默开了口，却不知离愁又多了一重，好像油墨画般的江南绽放了它所有的美丽。是你太温柔，还是我太在意？

望不穿江南尽头谁在痴痴等待，只叹一别万年的窗外，你能否看见我的期待。

当暮色深去，龙纹纸灯站齐呈现末巷，我生怕会与你逆向而行。绵绵细雨的温度不再放肆，我追随着曾经走过的那一道道大街小巷，而我究竟会走到哪里？因此，我不喜欢送别。

每一个遇见、每一个懂得都是久别的重逢。人生匆匆，贵在懂得；人在陌路，贵在相遇。而你，便是我今生的懂得，我又何尝不是你今生最美的遇见。

我知道，我要去的兰州，有一座庄严宝殿，三炷清香，一份思念，缠绕无尽的留恋。我知道，你的世界，我曾来过。你也要知道，这阡陌红尘里不必留恋，记住我们终究要相遇的地方，那才是真正属于我们的地方。

听说兰州下雪了，这场雪过后，便可以在院子里种一些茄子、辣椒、西红柿。好好生活，是我对你所有的祝愿。

内心安详，从不荒凉

第三章

本自具足，

莫向外求

生活是一场历练，
岁月是一场轮回。

▲▲

微微一笑，成就幸福

　　昨日备受狂风肆虐，今日又遇到冷空气袭击，自觉地切换到秋冬模式，穿上羊绒衫，加上小马甲。命运就是如此，风和日丽并不是生活的全部。反过来想，近日土地干旱，植物饥渴，这场雨熄灭了大地的浮躁，滋润了植物。

　　豆大的雨滴噼里啪啦地下着，漆黑的山上，唯有此处亮着几盏灯。大雨弥漫的黑夜，大家的情绪也不是十分高涨。大家坐在彩钢棚里，振德抱着水杯贴在自己的脸上以换取温暖，眼睛则盯着经书看得十分投入；振觉总是说晚上睡不着，时常开玩笑说自己老是抑郁，然而，每天晚上总是第一个上床睡觉，生活最为规律；倚老卖老的振法此刻已经偎缩在被窝里，又加上了一床被子；我依靠在紧闭的窗户，看着滑落在玻璃上的雨水一道道流下来，流到窗沿，流到地上，也流到了我的心房。拿起笔，不知道写些什么，让我为你写首诗吧，可那写不出对你的眷恋。咦？振博在哪里？看他静静地趴在桌子上，侧着头枕在胳膊上，明天就要正式剃度了，他是在想家吗？还是……

我清晰地记得，十一年前，踏上这条路的时候，依然懵懂，两只眼睛呆呆地看着车窗外经过的一切，没有一点儿思绪。那时，我接到了家人的电话，电话那一头哭着安慰我，要吃好，喝好。我也哭了，不知道为什么。

为什么我们会伤心难过？害怕失去，才是真正痛苦的根源。有了拥有，就有了负担，就不会自在。世间的人忙忙碌碌，终其一生，都在不停地索取，不断地拥有，肩上的担子也越来越沉重。和尚为什么清净自在呢？佛教导我们，世间万物，永远不属于某个人或团体；佛教导我们，一念放下，万般自在。

在千姿百态的大自然中，有繁星点点、童山濯濯，更有流水潺潺、波光粼粼，而我却偏爱夜空中的那轮皎皎明月。夜空中的明月，就像一盏明灯，能照破无明。我坐在窗前，静静地翻几页书，正是这轮明月，陪伴着我从过去到未来。这几日脑海里总是浮现孩童时期读书的场景，也许我怀念的不是那个时期，而是那个时期的无忧无虑和简单快乐。

内心安详，从不荒凉

这几日，建筑工程因为资金不足而停工了，原来修行这条路上，除了担当，还有放下。在焦虑过后，坦然地烧一壶水，自在地做一顿饭菜，一颗随遇而安的心远比勇猛精进来得苦难。修行的课程表里，除了拿得起，还有放得下这门课。

有人留言：看了大师的日记，我也想学佛了，可是学佛能带给我什么呢？

其实在问"佛法能带给我什么"之前，应该先问自己："我想从佛法中得到什么？"你想得到长寿、事业兴旺、改善生计、获取利益、驱除邪灵、装点人生？或是为了抚慰自己、疗愈自己，为了放松？

佛法是很务实的。学佛不是为了单纯地满足求知欲，以及获得认同和赞许。我们学佛，以求证悟，主要是为了止息烦恼，获得安乐。

寂天菩萨说过：在整个大地铺上地毯是不可能的，然而穿上鞋，我们就能免受荆棘沙砾之苦。愿这一轮明月照耀着大地，让我们在回家的路上，一路向西。

前些日子，发生了一件让人悲痛不已的事情，我的弟子家族的孩子，因为开车在路上与其他车辆发生了一点点不愉快，争论几句便发生激烈争执，也因此永远地离开了尘世。同样的开车，我想起自己前些年有次开车的故事，由于发现路线错误准备掉头，没有准确地判断对面车辆时速，掉头后对面车辆也已到达跟前，并被正在掉头的我逼得紧急改道。后来，那辆车追上来，我可以想到他肯定生气。我打开车窗，微笑着赶紧解释道：不好意思，新手开车，给您添麻烦了。就这样，本来很生气的对方，也在微笑之中以一句没关系而结束。

这世上，不是所有的事都要追究对与错，选择宽容是美德，选择原谅是快乐。公共汽车上人多，一位女士无意间踩疼了一位男士的脚，便赶紧红着脸道歉说："对不起，踩着您了。"不料男士笑了笑："不不，应该由我来说对不起，我的脚长得也太不苗条了。"车厢里立刻响起了一片笑声。显然，这是对优雅风趣的男士的赞美。而且，身临其境的人们也不会怀疑，这美丽的宽容将会给女士留下一个永远难忘的美好印象。

一位女士不小心摔倒在一家整洁地铺着木板的商店里，手中的奶油蛋糕弄脏了商店的地板，她歉意地向老板笑笑，不料老板却说："真对不起，我代表我们的地板向您致歉，它太喜欢吃您的蛋糕了！"于是女士笑了，笑得挺灿烂。而且，老板的热心打动了她，她也就立刻下决心"投桃报李"，买了好几样东西后才离开了这里。

是的，这就是宽容——它甜美、它温馨、它亲切、它明亮、它是阳光，谁又能拒绝阳光呢！

内心安详，从不荒凉

二战结束后不久，在一次大选中，他落选了。他是个名扬四海的政治家，对他来说，落选当然是件极狼狈的事，但他却很坦然。当时，他正在自家的游泳池里游泳，是秘书气喘吁吁地跑来告诉他："不好！丘吉尔先生，您落选了！"不料丘吉尔却爽然一笑说："好极了！这说明我们胜利了！我们追求的就是民主，民主胜利了，难道不值得庆贺？劳驾，把毛巾递给我，我该上来了！"

　　很多时候，酿成大祸的起因，仅仅是一言不合；成就幸福的原因，不过是微微一笑。既然拿得起，就要放得下。

▲▲
每一天都是唯一的，不敢懈怠

　　甘肃缺水是出了名的。前些年，有中央的领导来甘肃视察，临降落前向地面看，一片荒芜。下机后开玩笑跟大家说："我来的是甘肃啊，飞机上一直以为自己乘坐的是宇宙飞船到了月球。"兴许是上苍的眷顾，看这大西北连年干旱，今年是甘肃雨水最多的一年，隔几日便会稀稀拉拉地下点雨，将山坡上草种都从干旱的囚笼里解救了出来，惹得山上一片宁静清凉，好生自在。尤其在夜里，丝丝凉风侵入，裹着被子，便是一个舒服的安稳觉。

　　今日，请来了电工师傅，往三面观音圣像所在地山顶上通电。兵马未动，粮草先行，在山顶上通好水电，再慢慢推进施工。电工师傅来了一看说："师父，这么远，您这儿用电都这么稀缺，用水更是不用说，要在这山上通水电太困难了。"我说："能不能通上来？能还是不能？！"电工师傅不情愿地说能。

　　夏天来了，山里的花儿开了。晚饭后，我号召大家一起去散步。世界这么美，我怎敢辜负。大家欢声笑语地行走在这山间，比这满山遍野的花儿好看多了。看着振德师和振博师活蹦乱跳地穿越在这山间的小路上，我仿佛看到了自己小的时候，我也期待看到他们在这条路上成长。黄昏的天色很美，花儿也开得正艳。我在这山上闲走的时刻屈指可数，每一次散步，都有不同的心境。去年冬天，我在这山坡上晒太阳，盼望着有个人能来陪我闲聊上几句。我记得德旺陪我意气风发地行走在这山坡上，鸟瞰寺院的全景，我滔滔不绝地跟德旺说着寺院的整体规划；我记得在夜里，一个人站在这山顶上，望着漫天的繁星、山外的霓虹，然后，就没有然后了。今日再一次走在这山坡上，景色这么美，队伍也壮大，心里却没有以前踏实。越是美的事物，越是逝去得快。因为短暂，因为唯一，所以每一天我都不敢懈怠。所以我对自己的要求，是想做什么就尽情地做吧，要淋漓尽致，要奋不顾身。我要留下照片，留下这生命中的美好一刻。我不知道，这照片中的某一个人、某一处景，会不会突然有一天，就消失了。

　　我非常清楚地记得六年前的一个夏夜，我与我的两位好朋友坐在蠡湖边欣赏夜色，突然就下起了暴雨，我们往寺院方向跑，不时躲在树下避雨，但是雨真的太大了，瞬间我们就湿透了。我说，不躲啦，来享受吧，这样的场景也许生命里只有一次。于是我们三个就慢悠悠地在马路上行走起来，匆匆避雨的人们，缓行的车辆，都用异样的目光看着我们。只有我知道，世界这么美，怎么敢轻易错过。后来，好友去了北京，我们相见的时间也寥寥无几，这一份回忆，都成了彼此生命中的唯一。

今天我才知道，其实我的作用还是很大的。晚上有善信弟子发信息给我：师父，最近做了新项目，好辛苦，不过看到师父每天搬砖，也就不觉得怎么辛苦了。我得意扬扬地回复道：是吗，我还有这作用。他回复：那可不，作用好大呢，今朝不努力，来日山里搬砖头……怎么听着不大对劲。到了凌晨一点，他又发了一条信息给我，是刚刚完成工作关电脑的照片，我回了一张我仍然在写日记的照片。他回复道：看师父还没睡，我又平衡了好多。

在朋友圈发了几张搬砖的照片，很多善信评论说：师父，晒黑啦，要注意保养啦。晚上洗脸，我特意照了照镜子，斟酌了半天，还是从箱底拿出了善信给邮寄来的面膜。我权衡了一下，看这唐僧取经吧，之所以不远万里，得取真经。一路上除了上天眷顾，除了大众护持，最关键的吧，还是得长得帅。你看，电视剧里，妖魔鬼怪对唐僧最多的评价是什么？细皮嫩肉呀！要是这唐僧长成我这样，被妖精抓了之后，哪有心情多看一眼，直接就给吃了。我看了看寺院的建筑，看了看山上的观音像位置，又看了看兜里的余款，果断地拿出了面膜。

人生有风，有雨，让自己跨越的姿势优雅而蹁跹。生命的路很长，我只想看到自己最完整的样子。任柳絮飘飞，任枫叶染红，再由一片雪融化了前世的记忆；行走岁月，经历人生的风景，在流年中剪下一段流彩，在生命清澈与纯粹中温润流溢着光亮。这世上没有那么多困难，不要拿着放大镜看蚊子，担心自己会被咬得遍体鳞伤。

人生百年弹指间，总要经历一些事，遇到一些人。人生没有圆满，幸福没有永远，曲曲折折才能勾勒出生命的美。以一种从容的心态对待生活中的所有，让心溢满宁静与阳光，把最美的微笑留在平淡的流年里。这世上没有那么多困难，只要你拿着缩小镜看老虎，再大的难题都会迎刃而解。

生活里，有多少计较，就有多少痛苦；有多少宽容，就有多少欢乐。痛苦与欢乐都是心灵的折射，就像镜子里面有什么，决定于镜子面前的事物。心里放不下，自然成了负担，负担越多，人生越不快乐。计较的心如同口袋，宽容的心犹如漏斗。复杂的心爱计较，简单的心易快乐。

人生，没有永远的伤痛，再深的痛，都会有云淡风轻的一天。人生，没有过不去的坎，除非你坐在坎边等它消失。人生的路上，不如意事十之八九，风霜雨雪为我们描绘了浑厚而朴实的生活背景，为我们的平凡心增添了诸多斑斓点缀和修饰。只有穿越长夜的黑暗，我们才能感受阳光的炽热；只有经历苦痛的挣扎，我们才能仰望企及的高度。前进中，我们体味到生命的坚强；孤独中，我们领略着灵魂的舞步。

生命是自然的赏赐，但幸福的生活，则是智慧的赏赐。养活自己只需要勤劳，让自己幸福却需要智慧。

▲▲

不要跟生活决一死战，
何必跟自己一较高下

　　终于还是着陆了，别看这黄土堆积的山丘，却给了众生前所未有的踏实与心安。都说看惯了风月的人都会懂得取舍，保持一颗云水禅心，淡看流年。在繁华的红尘中寻一个山水情长的居所，安稳现世。淡若清风的心境不是我这个山中的小僧才配拥有的，每一位知足、平淡的佳人都是自在欢喜的获得者，是烦恼痛苦的放下者。梦参老和尚说过：不要终日说你诵了多少甚深的经典，持了多少微妙的咒语。你就说，日复一日，你获得了什么？又放下了什么？

　　红尘陌上，纷繁的往事在静默流年里不断滋长，我们都不甘寂寞，终日在俗世当中忙碌奔波，也不愿坐下来，听一曲江湖，品一首古韵。一路走来，我感恩菩萨的慈悲，将我安顿于这无上清凉的世界。借这寂静平淡的大山，修得一颗豁然开朗、自在平和的心。

佛说："苦海无边，回头是岸。"回到繁华温暖的江南不是回，回到纯净清凉的西北不是回，每一次降服自我，每一点与佛相应的靠近，才是回。每一次归返都是一次回头，每一次渡河都有舟楫。无论前方路有多远，消除我执，此后经年，亦是风餐露宿，海阔天空，都是归属。

"人生在世如身处荆棘之中，心不动，人不妄动，不动则不伤，如心动则人妄动，伤其身痛其骨，于是体会到世间诸多痛苦。"茫茫浮世，免不了荆棘满路。用一颗澄明的心，学着去宽容地对待生活，对待自己身边的每一个人。当你试着能用怜悯的眼光看待众生，看到世间万物，那满眼荆棘不过是称赞的玫瑰花儿。纵然它红尘繁复，亦可分清泾渭。三千大世界，我们看到的只是山坡白杨一棵，夜空明月一轮。

不要跟生活决一死战，何必跟自己一较高下。青春忧伤，流年不利，尽是虚妄。不论是花开还是花落都是自然之美，我们的苦乐跟花开花落又有什么关系呢？有人誓与红尘俗事同生同死，最终却也是在某个寂寞的夜晚枕着一轮孤月沉睡。江湖还是江湖，一切都是浮生若梦，醒来时，还是清茶，淡水，烟火。

几日来，秋雨不歇，绵绵不断，像极了江南三月的阴雨绵绵。眼前的秋雨，小如针尖，细如牛毛，淅淅沥沥，悠闲地飘洒。疑是春雨，恍若置身在和风细雨的春日里，风拂柳，雨润物。

细细的秋雨，淅淅沥沥，敲打窗棂，如多情的女子，拨动着琴弦，低吟浅唱，似在诉说着秋水长天，又似在传唱春华秋实。如烟似雾，千丝万缕，袅袅炊烟般缭绕，缥缈着如春雨一样迷蒙，绵亘在天地之间，婉约成一行行诗，滴滴答答的雨声，如平平仄仄的韵脚，隽美了一路撒欢的雨。

依窗而望，婆娑的秋雨，从深邃的天空款款而来，不急不慢，悠闲自在，散落在寂寥的殿堂屋顶。微微的风迎面而来，早已驱除前些天的酷暑炙热，自脚底腾升凉透心间、澈入心扉的一抹清凉。凝视着晶莹细小的雨线，似银丝般织成串串珠帘挂在窗前，装饰着窗户。透过细密的雨林，穿越山色迷蒙，享受细雨长天，秋雨更加的清秀俊俏了。

看，风抬着雨线妩媚；听，雨借着风娇滴滴撒欢。让我怀念那有关江南的清瘦词句，一花，一草，一木，一小桥，一流水，一楼台，一亭阁，一青砖，一黛瓦，一古巷，一条千年沧桑的青石板。重彩在轻笼薄纱秋雨里，唯美了浓淡相宜的笔调，美了婉约清瘦细细的秋雨。其实我更是倾慕大西北的清词丽句，草寂鸣蛩，梧桐叶落，残荷听雨，虽有些凄婉萧条，但那才是秋雨。

兴许是这秋雨凄凉，惹得人心悲凉。下午收到一位陌生号码的信息："师父，我不想活了。"我回信："决定了？难道你不怕死吗？""不怕。"他斩钉截铁。

你既然有勇气去死，为什么没勇气活着呢？

2015年，汪国真先生走了；2016年，陈忠实先生走了；没多久，杨绛先生也走了。虽然深知这人世间生离死别，最为无常，但一位位敬仰、喜爱的文学巨匠相继离开，我内心还是泛起一丝丝涟漪。

当我们的生活里只剩下那些耳熟能详的作品，只有那一张张照片定格的画面，日子也就变得暗淡无光。先生们都走了，像家里的老人离开了这个世界，突然就变得空落落的。我能想象到，还有多少老前辈终将会离去，留下尚未自立的我们，孤零零地站在这人生的道路上，像一个个迷失的孩子，没有方向。我不一定要认识他们，甚至不一定要见到他们，他们不在的日子里，他们的文章，就好似茫茫黑夜里的一盏明灯，指引着我们前行。我也坚信，年轻的文坛，一定会涌现出一大批中流砥柱，会创作出许许多多的经典。

人间没有单纯的快乐，快乐总夹带着烦恼和忧虑。

内心安详，从不荒凉

我想：时间没有绝对的烦忧，烦忧总伴随着成长与坚强。

一个人经过不同程度的锻炼，就获得不同程度的修养、不同程度的效益。好比香料，捣得愈碎，磨得愈细，香得愈浓烈。我们曾如此渴望命运的波澜，到最后才发现：人生最曼妙的风景，竟是内心的淡定与从容……我们曾如此期盼外界的认可，到最后才知道，世界是自己的，与他人毫无关系。

一个人经历或大或小的磨难，就会获得或多或少的成长、或多或少的坚强。好比爱情，伤得越深，痛得越真，爱得越彻底。我们曾那么希望人生的快乐，到头来才发现：生命最幸福的，竟然是内心的安详与自在……我们曾那么渴望别人的关注，到最后才发现，烦恼是自找的，与外境毫无瓜葛。

我们都行走在回家的路上，都在不断地洗净这尘世间沾染的污秽。生命的伟大，不在于登泰山而一览众山小。恰恰是活出一份朴素，活出一份自在，活出一份简单，平和地去迎接新的一天。

很多人问我：师父，为什么我的生活里这么多烦恼与麻烦？

一句杨绛先生的话送给您：您的问题在于书读得少而想得很多。

▲▲
沉沦的人生不属于我们

　　山上又停了一整天的电，对于已进入初冬的大西北来说，寺院的工程进展会受到严峻的考验。正在此时，又收到气象部门的寒流蓝色警报，真是屋漏偏逢连夜雨，我更像是热锅上的蚂蚁，坐立不安，心急如焚。我想定是生活告知我们要在经历中品味懂得，懂得中学会放下，放下中获得自在。它让我们尝尽世间的称、讥、毁、誉、利、衰、苦、乐。你越是不希望遇到的，总会偏偏来到；你越是希望得到的，也总是稍纵即逝。什么是真正的快乐？无苦无乐才是！不管我们遭遇如何的境界，都能让一颗心如如不动，都能不受影响而高低起伏，才是真正的自由，真正的解脱，真正的快乐。

　　放下吧，抓一把花生，坐在火炉旁，将花生米粒丢进嘴里，花生壳丢进火炉，那火苗仿佛照进自己的心里。温暖，从来没离我们远去。四季变换着明快的色调，你可有细细地斟酌，可曾静静地打量，可曾把一束温暖播种心房，就如阳光的温暖大度，旷达通彻，从不改变她最本真的情怀，一暖再暖，温暖四季与年轮。生命从来都不曾凋谢过，亦如奔走的年轮，一季花开，一季草香，一季叶落，一季雪飘，那么美轮美奂，那么无声无息，从无苍白、空荡。

炉中的火苗映照着我的脸庞，幽思百态，愿清幽之处，伏流生的愿景；冥思苦想，愿幽暗之处，铺满光的希望；研磨粉底，愿面靥之处，展开笑的欢声。

不经意间，又一年的时光已悄然走到了最后，我还没有准备好，又无能为力。想去告别昨日，想去祝愿明天。想让自己成为美好的人，拥有热情，不怕麻烦，热爱生活。感谢黑夜的降临，让我们拥有新的明天。我要嘉奖自己，从未为今日的时光，找过拙劣的借口。也让我沐手焚香，虔诚祈愿，周遭的一切，岁岁平安，愿岁月无可回头亦不忧愁。

去过好未来的每一段时光吧，以后你会发现曾经讨厌吃的菜也不再那么难吃了，曾经的失意到现在也成了侃侃而谈的资本，曾经你以为遇见了人生最难过的一道坎，后来发现接下来的坎一道比一道难过。但，请你记住，只要过了午夜十二点，你白天的经过都将成为经历。所以啊，要有昂首挺胸面对生活的勇气，去做一件有意义的事，不管成功与否，明天都会到来。

去积极努力地过好每一段时光吧，不必庸人自扰，不必告诉别人你最难熬的日子是如何熬过；不必告诉别人你最炙热的感情是如何熄灭；不必告诉别人你最苦涩的伤口是如何掩埋；不必告诉别人你最空虚的孤独是如何用血与泪一点点地填满。生命本是相应的磁场，越积极，越幸运。

去光明磊落地过好每一段时光吧，愿你此生都过得清澈明亮，不言不由衷，不口不对心，没有疾病，没有烦恼，没有牵挂，有所追求，不辜负梦想，不深陷过去，只活在当下。遇见你我花光了我所有运气，所以接下来的路，让我们携手努力。

在外地忙碌了一整天，晚上搬一把椅子放在窗户边，倒一杯白开水，看那延绵的街上车水马龙。跟只有星宿的大山相比，突然间热闹了很多，然而这份热闹，却让我比在寂静的大山菩萨脚下多了一份失落。我在想，这么多车里，都坐着谁，他们有什么样的生活，又都经历着什么？佛法的八万四千法门，还够吗？是否能让你拨云见日、勇往直前？

内心安详，从不荒凉

所有的一切都会被光阴洗淡，平复那圈圈涟漪。

驶去的，来往的。

放不下那些埋怨，曾如此的灿烂过我的生命。

时光的扉页，密密麻麻写满这一路的牵挂。

既然，我坐在这里，可不可以让我分担你的艰辛，你的忧愁。

愿你像长安街的行车，守着心中的信仰，快乐安度流年。

是人生，终会柳暗花明，谁也不能欲盖弥彰。

也许，是前世欠的因果要今生偿还。

否则，人生怎么会有那么多的磨难？

相信，再多的苦也摧不垮最初的信念。

每一场摧残，都是成就一次璀璨。

生活就是眼里噙着泪花，仍能微笑面对红尘。

我想我们该学会了，沉沦的人生不属于我们。

抬头望向远方吧，远方的远方。

或许，有曾经的不期而遇。

真正的宽容是放过自己

　　马上就要迎来般若院（居士院）奠基法会，从四面八方闻讯要来参加的善信居士们也早早赶来。晚饭罢，与大众一同在山坡上散步，天朗气爽，好不得意。时而在崎岖的小路间蜿蜒，时而在山顶上眺望远方，或是久久凝望矗立在山顶之上的观音大士，微风吹过，惬意无比。也许，这就是西北大山的魅力，突兀而又壮观，深沉而又静美。一伙人或行脚或驻足，东扯西聊着，不经意间天色便暗了下来，山外是都市的霓虹，而山内则只有几盏日光灯孤独而又执着地亮着。

　　就这样下了山，趁着一路晚风。躺在床上，继续捧起那本未读完的《自在独行》。为了能够安静地读书而不受琐事及手

　　　　　　　　　　　　　　内心安详，从不荒凉

机的影响，我给自己制定了一个规矩，每天晚上十点手机便关了机。

生活总是不会有你想的那么干脆，也不都会如你想象般如愿以偿。那些尽善尽美的，那些满目沧桑的，都不足以形容生活的真实面貌。生活是一场拉拉扯扯，一场此起彼伏，一场你进我退……

我们在这场纠葛中历练自我，磨炼一颗如如不动、自在随遇的心。

走过了四季轮回，看惯了阴晴圆缺，经历了一次又一次的辜负，生命仿佛也平淡了许多。

原来，放下，其实是一场原谅。

总有一天，你会发现，那些过不去的坎儿，那些放不下的事儿，突然有一天就烟消云散了。你以为那些揪心的疼，那些历历在目的伤，那些爱恨情仇，在某一个瞬间就释然了。

人生是一场相伴而行，不论谁的出现，都是陪伴着你走过应该走过的一段旅程，时间到了，节点到了，便是一场毫无留恋的转身。我们把这一切归结于一生太长，花期荼蘼，也抵不住荏苒时光。

杨绛先生说：如要锻炼一个能做大事的人，必定要叫他吃苦受累，百不称心，才能养成坚忍的性格。很多时候，我们并没有成为那个智者口中成就大事的人，历经这尘世的酸甜苦辣，更多地让我们成了一个理解生活、一笑而过的人。

　　真正的强大是宽容，后来我明白，真正的宽容不是原谅别人，而是放过自己。

内心安详，从不荒凉

▲▲

快乐，从感谢拥有开始

　　清晨起来，推开房门，院子的菜地里盛开了一朵美丽的杜鹃花，在这凋零的秋冬季节，显得格外艳丽。我凑近了去看，一滴滴露珠沾满在枝叶上、花瓣里，动人极了。几只喜鹊，一会儿飞到大雄宝殿的屋檐上，一会儿又俯冲下来落在山坡上，欢喜地叫着，好生自在。

　　一台大吊车已经停在院子里，今天是三大士殿主体结构继续组装的工作。一根根木料缓缓地升起，又稳稳地落在殿堂之上。每过一会儿，我都要跑去看看进展，看着庄严巍峨的殿堂逐步成型，都能被这一根木头感动到泪眼婆娑。

　　午饭过后，我将菜地里已经枯萎的枝干一一摘除，只剩下一些西红柿还顽强地活着，挂着硕大的西红柿，来寺院的香客，都喜欢摘一个尝尝。用手一擦，美美地咬上一口，赞叹这才是原来的味道。由于天气已经比较寒冷，担心剩下的西红柿能否顺利地熟透，我将那多余的枝叶统统掐掉，这样西红柿便裸露在阳光之下，兴许便会熟得快一些。

我庆幸，自己是这山间田地里一名农夫和尚。蛰居于荒山静庐、田蔬花间，种菜养花、焚香供佛，用一支素简的笔，在文字里修行，为清素时光描摹刻意，为花鸟虫草结绳造句，为赏过的花邂逅的人句读遣词。于山峦间流连，于日月里清净，做一个自在的和尚，心素如简、宠辱不惊，在最清浅的禅意里，深情地活着！

有些期盼冬日的到来，在每一日清晨、黄昏的流连中，让日子流淌在简而又简的每一秒钟，吹云见日。看大雪纷飞，赏浮云聚合，尝瓜菜米香，度日如翻书，听梵音袅袅。我则围在火炉旁，炒上一盘美味的葵花籽，点点心事皆是人间真味！

时光荏苒，又是一季盛夏，扳指细数，这是我来到兰州的第二个夏日，仿佛却是千年之久。遥想昨日，只能是回不去的过去，抹不去的记忆。习惯了大西北的夏日，却是哪儿也不

　　　　　　　　　　　　　　内心安详，从不荒凉

想去，也不敢去。喜欢在黄昏的时候，在院子的小亭里吹风；喜欢在娴静的午后，研墨抄经；喜欢在寂寥的夜色中，遥望星空万里，思绪溢淌。我想，最喜欢的，莫过于驻足在那山坡之上，看那天上云卷云舒，看那人间车来人往。

忙一圈归来，那佛堂的焚香味儿，是再好不过的安神剂，让你瞬间便可以卸下所有的疲惫，忘记一切的烦忧。你总说：要把这世间所有事儿，都弄个究竟，搞个明白，知道个所以然。殊不知，娑婆三千事，哪一件不是镜中月、水中花？人间纠葛情，不过是梦幻泡影，如露如电。这世间最美，不过是止于唇齿，掩于岁月。

每个人都想，活成自己想要的模样，可终究无法控制自己，在轮回里打转。那午夜里无法挂断的电话，红酒杯里的难以下咽，红尘情事的欲舍难离。或许，仅仅是因为，少了一杯茶的时间。有人问我：什么是佛法？每一种令人心安、使人解脱的味道，就是佛法的千百亿化身，比如，这杯淡淡的茶香。何必把生活，过得那么耿耿于怀。

一阵清凉而通透的微风掠过山头，拂过心间。来不及进屋，在院子里轻轻地走一圈，害怕叨扰了大地，吵到了诸佛菩萨。住惯了钢筋水泥的房屋，当双脚踩在泥土之中，就会有一种格外的亲切与心安。我们不过是岁月长河中的一粒微尘，正因为接受了大自然的各种馈赠，才得以茁壮成长。试着去感谢周遭的一切吧，你会发现，快乐，从感谢拥有开始。

▲▲

本自具足，莫向外求

　　甘肃一直都是一块神奇而又极具魅力的地方。这不，时值六月的夏日，兰州的城区下起了豌豆一般大的冰雹。也许是今年流行吧，这已经是夏日的第三次冰雹。好在承蒙菩萨慈光照射，到了山上，便转换成了瓢泼大雨，让干涩的山土得以慰藉。

　　天色已晚，趁着月光才让奔波了一日的身体回到了寺院。下了车，来不及跟送行的人告别，便一头扎进屋里，还是没能躲过甘露之滋润，瞬间便淋透了全身。法师们都休息了，屋子里漆黑一片，中堂位置供奉着一尊观音大士像及护教伽蓝像，我小心翼翼地点燃供台上的油灯，再燃一些柏香粉末。

三大士殿落成了，纯木结构的殿堂，庄严巍峨。我常常喜欢坐在对面殿堂的走廊里以最美的角度欣赏这座殿堂，越看，心里便越是欢喜。我忽然间相信了，有些人，有些物，说不出哪里好，看着心里便舒服。由于大西北的干燥，前些时日，远看不知，凑近了一看，柱子、额坊、斗拱上都炸开了一道道裂纹，这对我来说，着实是一种折磨。木工师傅们告诉我，这是最正常不过的事情了，还要继续等它炸裂，而后再修补、彩绘，就不会再有裂痕啦。原来生活里的那些光鲜靓丽的成就，怎免得了内心的那么多伤痕累累。

一滴水掉落下来，滑过脸庞，掉入衣领，穿过心脏。我抬起头望了望屋顶上渗水的部位，又望了望菩萨如如不动的脸庞，也许是菩萨在告诉我"莫向外求"吧。没等我矫情完，又一滴水坠落了下来，同样的轨迹，同样的心房。换一身衣服，如往常般觅得六七个盆子，在漏雨的部位下一一放置好，书桌上已经湿了一大片，这是预料之内的事情。安置好接水盆，便响起了颇有节奏的滴答之声，在这样的伴奏下入眠，想来都是极具诗意的美妙。

生活没有我们想象的那般美好，也一定没有我们想象的那么糟糕，给自己信心与力量，昂首挺胸！

我曾以为，生活就是剔除那些不完美，将日子过得尽善尽美。后来在繁杂的事情中千锤百炼，百般折磨，才明白人生不如意十之八九。也就被迫去学着接受，才发现，一颗力求完美又随遇而安的心，是这幸福生活的不二法门，你说呢？

不喜张扬，不畏喧哗

山上接连下了三天的雨，清晨起来，漫步在院子里，阵阵凉风袭来，让人不由得感叹真是天凉好个秋！院子的荒地上，竟然也因为雨水的缘故，泛起了一层淡淡的绿，那是杂草丛生的模样。

不远处响起轰隆隆的声音，那是禅院工地的集结号，一天的工作开始了。每天，我都要在建设工地跑上二十余趟，建设过程的一些细节，随时都需要沟通与决策。日子久了，和工人师傅们相处得也非常融洽。他们日出而作，日落而息，我看到了一种责任与坚守，积极与阳光。正如冯唐所说：生活没有那么复杂，种豆子和相思或许都得瓜，你敢试，世界就敢回答。

天空中还零零星星地飘落着几滴雨，殿堂里已经传出朗

内心安详，从不荒凉

朗的诵经声，那是上通天堂、下达地狱的天籁之音。在每一日的清晨与傍晚，我们在晨钟暮鼓间，学会拿起，又学会放下；在抹桌扫地间，接受平凡，又筑造非凡；在焚香燃灯间，懂得奉献，又欣喜收获。是的，不论在都市还是庙堂，用心过好每一天朴实的时光，去感受生命的美好。生活没有你想象的那么平庸无为，也不会波涛汹涌，我们能合成的模样，便是荣辱不惊。愿有岁月可回首，且以深情共白头。

或许，是习惯了这一身飘逸的僧袍，在山野之间穿梭来去，时而驻足，看天外车水马龙，山内清净自在。让清心若雪，不喜张扬，不畏喧哗。垦一片荒地，便是那心中的半亩桃源，修篱种菊，与山水相依，与田园对话。新建的禅院，已然逐步完善，如果恰好你也愿意，在那禅房一间，时光一隅，你我将一本书读到无字，将一盏茶喝到无味，将每一本经典都领会到幡然醒悟……心染尘香，不须有多少的柔情话语去讲，只要这当下一念，便是一份温暖。

庆幸在这岁月蹉跎间相遇，是世间无以比拟的缘分。如何看待这份师徒情缘，祖师有曰：以道相交，不以情牵。生命里，一些缱绻，无论素净，还是喧哗，都会被岁月赋予别样的味道；一些闲词，或清新，或淡雅，总会在回眸的时刻醉了流年，润湿那一颗颗柔软之心。冥冥之中，我们沿着呼唤的风声，终于在堆满落花的浅秋里，再次重逢，念在天涯，心在咫尺。我相信，一米阳光，才是我们最好的距离。

缘起是诗，缘灭是画，这些关于岁月、关于记忆的章节，终会被时光搁置在无法触及的红尘之外。曾经，一别经年，可风里，总有一段美丽会与我们不期而遇。我不会忘记，这一条修行之路，我们共同走过，一路清喜，一路浪漫。

内心安详，从不荒凉

第四章

与

生活

握手言和

生活越是平淡，
内心越是灿烂。

扩大心灵的容量

　　婺源农家的宅地，长满了绿油油的青苔，一块块被雨水冲刷得光滑锃亮的石板，诉说着光阴的故事；那发霉了的木门，将江西的自然环境展现得一览无余。我们始终对旧物，有着一种难以言说的情感，仿佛三生石上曾执手许过誓言，总不肯辜负。对人尚可转身而去，将往事遗落于风尘中，渐行渐远。旧物情深，它陪你荣枯一世，不诉离殇。它的美，含蓄内敛，从容忧伤，落满岁月的尘埃、时光的味道，不张扬凌乱，古老而高傲。朴素不失静美，简约不少风姿，沧桑不减韵味。

　　当然，切莫在旧物里徘徊、在回忆里挣扎。走在这蜿蜒曲折的农家巷子里，或是闲坐在村口的亭子里，抑或是在穿村而过的小河边。以淡然的心绪，行走于光阴里，以慈悲的名义，在众生心中种一片阳光，对着清风，轻倚日月，只为解脱，散去繁华，让心灵于明媚中放牧，让桀骜于庄严里成就肃穆。

学着去原谅那些过往，听岁月诉说衷肠。红尘纷扰，时光如梭。总有一份慈悲，百转千回；总有一份真诚，万水千山。时光的沙漏是放下的最好工具，谁也无法躲避。生命里，总会有一些人，静静地来，淡淡地去。

忙碌了一整天，终于在晚上拖着疲惫的身体进了门，躺在椅子上小憩片刻，真想就这样一觉睡到天亮。想到还有很多工作没有完成，半梦半醒着眯了一会儿，好像迷迷糊糊地做了梦，又想不起来梦了什么。到厨房，揭开锅，预留的晚餐还温热着，抄起碗，囫囵吞枣地吃了两大碗。总感觉吃了晚饭，白天才算结束。我摸着鼓鼓的肚子，慢悠悠地走出厨房，一屁股坐在椅子上，真心感叹道：还是咱这山里舒服呀！

我们常常感到压力大，主要因为我们的心，容量太小。从小到大，我们的父母都教我们"小心"一点，过马路小心一点，交朋友小心一点，出远门小心一点，无论我们做任何一件事情，所谓对我们的关心，便是那句"要小心一点"。因此，我们变成了"心"非常小的人，容纳不了什么东西，常常遇到一点事情，就会受不了。其实这世上并没有压力，只有承受程度不一样的心。

压力本是一个物理词汇，比如气压、水压、风压等。压力，现在确实是一个高频词，几乎每个人都会嚷嚷着：学习有压力、工作有压力、婚姻有压力、晋升有压力、情感有压力、经济有压力……压力像打翻的汽油桶，弥漫在生活的方方面面，关键是它说不定在哪个瞬间，就会燃起火焰甚至爆发。

　　放大我们心的容量，是缓解压力的第一步。其实，我们会发现，无论是气压、水压、风压，压力和空气一样，是我们生存的必备条件。如果空气没有压力，我们的呼吸会衰竭；如果血液没有压力，我们四肢就会瘫痪。我们都是住在高层的居民，楼层越高，就需要越高的水压，才能正常饮用自来水。"井无压力不出油，人无压力轻飘飘"，有时候，压力也许是督促我们的老师，鞭策我们的伙伴。

▲▲
清风自在，幸福自来

初夏的清晨，风吹来了馨香的气息，我约花儿、草儿，于清风中来一场幽静的相会。每一朵花儿都是天使，于清寂中努力地盛开；每一棵小草，也都尽力地生长，装点着自己的诗行。这是一个盛放的季节，柔柔的清风和温暖的阳光，都谱写着生命的赞歌。

今日与众多弟子在金城兰州相会。会后，有不少善信围着畅诉衷肠，说几分人生百味、酸甜苦辣。

人生犹如一首壮丽的乐章，烦恼是这首乐章中必不可少的一个音符，只有众多的音符，才能奏出美妙雄壮的交响乐。一个音符，即便有独到的艺术魅力，奏出的音乐也是单调乏味的。人生有了痛苦，才有了人生的多姿多彩；有了痛苦，才懂

内心安详，从不荒凉

得了生命的可贵；有了痛苦，才有了生命的本色；有了痛苦，才懂得了在平静的流年中对生活的珍惜；有了痛苦，才有了对生活的不懈追求；有了痛苦，才有了对人生的点滴思考。

　　总喜欢在晚饭后一个人晃晃悠悠地行走在山坡上，哪一棵树又繁茂了一些，哪一片土又显得绿意略浓。这树木、花草好像也认识我了一般，在微风下摇摆着身体，好像在埋怨：怎么才来找我们？找一块平展的地方坐下来，脱下一只鞋子垫在脚下，山坡上还残留着白日里烈日的余温，光着脚踩在地上暖暖的，心里也会莫名其妙地踏实。原来"脚踏实地"的"接地气"就是这般感觉。

　　累了一天的太阳公公也休息了，它去了另一个世界继续遍照世间。留给我的是天边那艳丽的晚霞，这是一天最静谧的时刻。池塘里的蛙声接踵而至，其实你不必哇叫，因为我并不孤单，天地是心，草木为伴。小鸟飞过，那定是你派来的侦察兵，我挥挥手跟它打个招呼：告诉伟大的慈父和我的伙伴们，我在西行的路上，一刻也没有忘记我的使命，一刻也不敢懈怠放逸。也顺便告诉我远方的亲人，和尚一路上还好，没偷懒，过得也还可以，让他们不要牵挂，也送去我最最真诚的祝愿。

　　寺院的钟声响起，还有在法师带领下禅修的夏令营孩子们的唱诵声。这是幸福的声音，钟声不断，佛法不息。每一天恬静的当下，都是跋山涉水的征程。不要问明天何时到来，不要问幸福何时降临，不要问成功何时光顾，撞好每一天的晨钟暮鼓，就是悟道成佛路上最好的资粮。

前几天借善信居士的车陪远方的客人到附近道场参访，途中在加油站加油。加油站的营业员一看下车的是个和尚，便笑着和我打趣：

"呀，不错呀，和尚都开上车了，当和尚一定能赚很多钱吧！"

我说："还好吧。"

"每个月都能赚多少钱啊？"他追问。

"没算过，反正花不完。怎么样？你要不要来？"我说。

他兴奋地问道："真的吗？我也能来吗？"

我说："当然可以了！"

他更加高兴了："那当和尚每天都干些什么啊？"

"啥也不用干。"我说，"只要每天早起敲钟念佛即可。"

"这么简单啊！早上几点起床呢？"他穷追不舍。

"五点。"

"蛮早的，单休还是双休呢？"

"365天乘以24小时，全年无休，每天早起念经、伺候好佛爷就可以了。"

内心安详，从不荒凉

"那我不去了！"他嫌弃地说道。

"怎么不去了呢？就这么简单的付出，就能让你有花不完的钱，多好的事啊，你为什么不去了！"

"挣那么多钱有啥用啊！跟坐监狱似的。给我多少我都不去！"

油加好了，我跟他挥手作别，告诉他，要好好"加油"啊！

活一回不容易，让苦难随风而去。

司马迁历尽屈辱，在悠悠岁月间不也有流芳千古的绝唱之作吗？海伦·凯勒面对黑色的世界仍能以一颗平常心进取，不也创造了人生无法超越的美丽吗？要说苦难，看看古人，你我的失落又算得了什么，无非是在茫然中产生的一种惆怅，一种失望而已，一种在浮躁间无人相伴的孤独罢了。

活一回不容易，让幸福绝处逢生。只要你不拒绝小草的卑微，希望的田野就不会拒绝你放飞的梦想；只要你不拒绝冰山的巍峨，生命自然会开出一朵朵快乐圣洁的雪莲花。其实，真正的生活，是不畏惧时光，不慌张，心中有一个自己喜欢的模样。最好的光阴，是不必到处找寻的，它就在你身边，就在你觉得平淡的每一个清晨和黄昏里。

▲▲ 学到，而不是得到

　　每天都不知道做了些什么，却总是在忙忙碌碌中度过，甚至盼望着能稍微空闲一些。可以在午后阳光正好的时候，趴在书台上写写字，或看着窗外单调的黄土高坡遐想一番。理想终归是理想，曾以为煮茶下棋、扫地拜佛的人生，却也被自己过得如此手忙脚乱、晕头转向。终于在下午，忙里偷闲，美美地睡了一觉，这种满足感，无法言说。醒来的时候已经是晚餐时刻，可能是久违的愿望得到满足，心情也格外灿烂。下了床，撸起袖子，今晚，让我来掌勺吧。自从被我"拐"上山来的法师们增多，我最大的受益便是不用再自己天天做饭了。简单的两个小炒，再煮上一锅居士送来的永登县特有的"和尚头"面。

内心安详，从不荒凉

万事都是有两面性的，这句话一点儿都不假，寺院的法师们增多，我受益的同时，弊端就是，这厨艺是明显下降，好像步骤一点儿也不差，味道却总找不到那月那日的感觉。还好这世上没有比和尚更好打发的人了，除了"黑马"（网友给振博师起的外号）假借不太舒服不愿吃我做的晚饭，一个人偷偷地在吃水果、零食，其他的法师们倒也是吃得很香。可能是花椒放得多了，尽管很麻，但不能连自己都不给自己面子。终于，看到大家都吃完了碗里的饭，我将半碗饭轻轻地放下来，若无其事地自言自语又好像跟大家说："给小狗留一点儿吧，小狗还没吃饭。"

　　下午睡了一觉，让原本天一黑就犯困的和尚精神了许多，将苹果大卸八块放在小碟里，再剥六个核桃放在床头，然后畅畅快快地爬到被窝里。

　　一晃，看时间已经是十点四十，我想下床去洗漱一番，又不舍得离开温暖的被窝。这几天放寒假了，读高中的妙正又回来寺院过寒假了，得知前些天我的拖鞋被小狗叼出去撕了个稀巴烂，这次还专门帮我又带了一双，看着床边上温暖的新拖鞋，让我鼓足了下床的勇气。怪不得很多的女孩子总喜欢购买新的衣物或首饰，原来，新的东西能够让人燃起生活的希望。法师们都睡了，我摸着黑打开院子里的灯，暖瓶里的热水温度很高，着实不愿意进到冰窖一般的厨房去掺点凉水，于是轻轻地用一只手蘸一下，然后赶快双手搓擦一番，很快也就适应了水的高温。洗过了脸，已经过了十一点，还是没有困意，于是打开电脑，开始写日记。

第二天，当清晨的第一缕阳光尚未照射大地，我便从睡意中安静地苏醒过来，一股香味从窗户飘荡进来，好熟悉的味道，像是桂花香。在无锡的住房是二楼，院子里就种有一棵桂花树。只要是桂花盛开的季节，几乎每天都是在桂花香中醒来……

喜欢桂花的清纯淡雅，在时光流年中缓缓前行。

轻薄西风未办霜，夜揉黄雪作秋光。

吹残六出犹余四，匹似天花更着香。

桂花，散发淡淡的幽香，清纯淡雅，安静恬淡，清幽韵致，独自芬芳，幽静脱俗，是一份让人静静回味的美好。

岁月如流水，花开四季香。桂花经过孕育、成长、绽放，花开满径，幸福又安然。幸福的人生，淡泊而又宁静。

桂花，拥着宁静和安详，花开花落，素简凝香，在时光的剪影里留下素白一片。来一回人间，何不在这生命的国度里留下清香的小笺，拥着时光静好，岁月安然。在桂花香的伴随下，美好的一天正式起航。

内心安详，从不荒凉

其实，生活就是一种态度，跟在哪里无关，跟物质条件无关。慢慢地行走在历史的长河，我们就会发现，人活一世，其实重要的不是得到，而是学到。水，看似清澈，并非因为它不含杂质，而是在于懂得沉淀；心，看似通透，不是因为没有杂念，而是在于懂得取舍。因此，让心思澄明，让言行磊落，流真诚的泪水，露开怀的微笑，生命便会充满阳光！

山上又停电了，烧水、吃饭便成了问题，这可难不倒大家，大家在院子里用砖块垒起了灶台，我亲自掌勺烧了几个菜。大家都说我烧的醋熘白菜最好吃，问我什么时候学会的。冬日的大西北，大白菜便是过冬的必备神菜。依然清晰记得去年冬天，山坡上挖的菜窖里放满了大白菜，每天我就研究各种白菜的吃法，终于练就了我的拿手绝技。有人说：师父，您应该节约时间去做更加重要的事情。我笑着说：不急这一会儿，从容彼岸是生活。

转眼便到了仲夏，天也闷热得厉害，早上眼睛睁开，到夜里眼睛闭上，能往工地上跑个三十多趟。因为住久了没有窗户、空气不畅、又闷又暗的房子，这次的般若院建设，特意要求留了前后都敞亮的窗户，也许这就是所谓的因为懂得，所以慈悲。

这样的天气，我应该更喜欢躺在空调房内，大门不出二门不迈地好好读上几本书，管它日落天明，人间沉浮。也许是天干物燥的缘故，这几日总想找个安静人少的地儿，关上手机，给自己一点私有的时间与空间。至少，让自己任性地睡上一晚好觉吧。可是我清楚地知道，人生怎么会轻易让你这样如愿以偿，从清晨在殿堂里熏香、点灯的那一刻起，都会重复着自己的使命与责任。仰望着佛陀喜也如此、悲也如此的脸庞，我知道，这条路从来都不是简单的路。

最爱不过黄昏，烈日忙碌了一天的演出，终于要退下舞台，尽管还意犹未尽地挥舞着七彩飘带，总算也没有那么火热。拎一把小椅子，坐在院子里乘凉，微风习习，人也如吸氧一般舒畅了许多。

不要问我什么是生活，一如既往向前过。

内心安详，从不荒凉

▲▲

笑着面对生活

仲夏的大西北，骄阳似火，热浪滚滚。阳光漫散开来，树荫处也如火烤一般，令人无处躲藏。午饭后，大家纷纷躲在房间里凉快一会儿。仲夏的午后，最适合睡觉了。我躺在床上，忽然想起屋外有个流淌的景观加湿器，里面填满水，插上电，就会哗啦啦地响起来，像极了小溪水，又好似下雨天，心里顿时也凉快了许多。只要心中有溪水，人生何处非江南；只要地上有沙滩，哪里不是马尔代夫？生活的路上，四季变换，不要只盯着春天的风沙、夏日的酷暑、秋天的荒凉、冬日的严寒。春有百花秋有月，夏有凉风冬有雪，纵然生活的烦恼再多，既然和生活是此生难离的夫妻，那就试着和生活握手言和吧。

换一个心情看夏天，从风清气爽的蓝天浮出的第一朵亮丽的云彩，从灿烂的阳光均匀穿透的第一片绿叶，从第一只蜻蜓以美丽的舞姿在树间翩跹，从空中回翔的鸽群弥漫在夕阳的炊烟里，夏就这样踏着重重的步音，敲碎一池春水的柔媚轻轻地来到。春风春雨皆已去，花已千树春已暮。纵使我的心头离情依依，又何必去依恋那已逝去的春天呢？

正午的光线以满腔的热情拥抱汗水。湖泊里层层扩散的水纹以及岸边滚动的花影，它们是在追逐从指尖流过的杨柳风，还是在奔向走远的春天？久违的蛙声唤醒了夏季，打开太阳的热恋，带着乐观的气概，夏天被写意成热情的生命的礼赞。想到这里，怎可辜负这美丽的仲夏，辜负这美好时光。翻起身，到镇上买几架高低床回来，安装在为数不多的几间屋里，这样就可以多住几个人啦。

每月一次的三藏书院经典导读今日在兰州市城关区举行。进城的一路上，振坤师和振德师还在对我说，师父啊，您每天写日记耗费时间太长了，每天都要写到那么晚，不如每个星期写一篇吧；还有，每次都要跑到市区去跟大家一起学习，其实完全可以统一放在寺院，能来的就听听，路途遥远来不了的，也只能随缘啦。

一路上，两人都在操心地帮我考虑如何利益于大众，又不太劳累。课堂上，一位善信讲述了自己与灵丹寺结缘的过程和

内心安详，从不荒凉

三藏书院经典导读给她带来的人生改变，讲述了每一天早晨，对于修行日记的期盼。是的，纵然只有一人受益，我们也要坚持下去，这就是我们存在的意义。我不敢偷懒，也不敢放弃，我怕错过你。

回到山上，已经是晚上九点。头顶上，明月一直陪伴着疲惫的我们行走在回家的路上。你走一步，它就走一步，你站下来，它也站下来。哈，我是幸福的。半路上，收到振博师发来的信息，很简单的五个字：振觉回来了。已经快有两个月没有见到他了，寺院的法师们都很想念他，也都在期盼着他早日康复，安然生活。见到振觉，我迫不及待地要给他一个拥抱。在寺院共住的日子里，我们像亲人一般，都融入了彼此的生命之中。

生活有时就像这样一面镜子，你和它握手言和，它对你报以和颜悦色、清风明月；你揪着过去的苦痛哀哀不放，它便给你一片阴郁的天空。当麻烦到来，用积极的态度应对。人生路长，前面会有怎样的风景，取决于你自身。没有人不想有光明的生活，但那与所选择的态度有关。学会放下那些坎坷，学会跟生活的不如意握手讲和，积极体验每个当下，走向生活的光亮处。

笑着面对生活，无论是挫折还是平淡，这是我一直以来对自己以及他人的期许。为什么要笑着面对生活呢？随着时代的进步，你会发现，笑，将是人唯一不同于其他有情众生的地方。动物也有感情，伤心会落泪，但从来不会欢笑。而人类的面部肌肉是最为发达的，同样是笑，有眉开眼笑、含泪而笑、哄堂而笑、苦笑、嘲笑、狂笑、冷笑，当然，还有皮笑肉不笑。上苍赋予了我们如此强大的"笑"系统，如果我们还不能欢笑着面对人生，又与其他众生有什么区别呢？上天如此地厚爱我们，就是要我们欢笑着面对人生。

内心安详，从不荒凉

如何除去内心的杂草

　　这是一个多雨之夏。乌云飘来，甘霖洒下，万物吸吮，绿意更浓。最美的是，阳光总在风雨后，天空如洗，彩练当空，蓝天指派白云俯身来触摸青山，白云绕着碧山转，天地之间手牵手，由浅入深的色彩，虚无缥缈的意境，美美地钩织着夏天的生机。

　　有人问我：师父，自己的内心常常被烦恼牵绊，如何才能摒弃这些呢？

　　一位哲学家带着他的弟子游学世界。在游历了许多国家、拜访了许多著名的学府之后，个个满腹经纶，回到了出发地。进城之前，老师和他的弟子在郊外的一片草地上坐了下来。老师说："在你们结束学业的时候，今天我们上最后一课。你们看，在我们周围的旷野里，长满了野草，现在我想知道的是如何铲除这些野草？"针对老师的提问，弟子们非常惊愕。他们都没有想到，一直在探讨人生奥妙的哲学家，最后一课问的竟是这么一个简单的问题。

一个弟子首先开口："老师，只要有一把铲刀就够了。"哲学家点点头。

"用火烧也是很好的办法。"

"撒上石灰，可以铲掉所有的野草。"

"斩草除根，只要把根挖出来就行。"

……

等弟子都讲完了，哲学家站起来说："课就上到这里，你们回去后，各按照自己的办法除去一片杂草。没有除掉的，一年后的今天再来相聚。"

一年后，他们都来了。不过他们发现原来相聚的地方不再是杂草丛生，而是长满了谷子。他们发现一张纸条，上面写着："要想铲除旷野里的杂草，最好的方法就是让庄稼长势良好。"

其实除却内心的杂草也是一样，我们无须心心念念想着如何断除它，不过是徒增烦恼罢了。要想让灵魂无纷扰，更好的方法就是用美德去占据它。当我们的内心里充斥着善良、真诚与美好时，世间的纷纷扰扰也将无力干扰。

风雨也罢，艰辛也罢，需要用一种内心的豁达去面对和担当。那些刻骨铭心的伤痛，恰恰是一种对生命最深刻的提醒，

　　　　　　　　　　　　　　内心安详，从不荒凉

而不是冷漠甚至对立的理由。生命是一趟走向光明和慈悲的旅程，也就注定了人生需要不断突破自我的狭隘和自私，去活出心地的温暖和宽阔。人生的悲哀，不是经历了怎样的磨难或是遭遇多少缺憾，而是走不出自己的固执和成见，把生活过成一场挣扎与痛苦。

没有谁的人生是可以与世界隔离的，每个人的人生，不是各活各的平行轨迹，而是彼此包容和理解的一场同伴同行。那些所谓的恩怨爱恨，不过是缺乏了宽恕与祝福。学着去祝福别人，成就别人。

从来没有完美无缺的人生，幸福也没有捷径，只能用心去经营。付出一片真诚，收获一份真情，不计较名利，不在乎得失。取人之长，补己之短，学着去欣赏别人，善待别人，懂得别人，宽容别人，帮助别人。助人为乐，既帮助了别人，也快乐了自己。包容他人，是一种智慧。在欣赏他人的同时，也在不断提升和完善自我。只有领略到了其中的滋味，真正地拥有那份广阔的心胸，那份坦然，那份自然，才是真正踏上了修行之路！

生活的磨砺是人生财富

日暮苍山远，天寒白屋贫。

柴门闻犬吠，风雪夜归人。

盼望着，盼望着，终于回来了，冬天的脚步也近了。阴沉天空下的大山，又恢复了往年的沉静，一派"千山鸟飞绝，万径人踪灭"的景象，独留我一蓑笠翁，独钓寒山雪。

冬日的山上，寒风凛冽，我裹紧了斗篷，艰难地朝不远处的厕所走去。我边走边埋怨，山上就这三个人，就不能暖和点嘛。浪费这么大力，刮这么大风，对付几个山里和尚，未免也下手太狠了！

内心安详，从不荒凉

时光，总在悄无声息中划过；日子，总会在辗转中渐行渐远。天空，时而晴朗，时而阴沉。前行的路上，我早已学会了享受孤独，学会了与风雨同行，学会了将悲喜转化，只将明媚，赠予时光。

很多时候，我们对于生活的迷茫或者是悲伤，不过是前行的路上没有方向。生活是一场自我欺骗，需要常常给自己画一个大饼，然后才能欢欢喜喜地奔波在这条路上。然而，我们知道，这终究是一场虚无，一场空。生活又何尝不是一场借假修真呢？

前些时日，一度想要放弃写日记，原因有千千万万种，但最大的是害怕误导大众，把我这胡说八道，当作是佛法。佛曰：不可说，不可说。一说即错也。倘若我没有领会佛陀的真意，那岂不是耽误了大众。每当我决定就此封笔时，总会收到诸如此类的短信息：师父，感谢您的日记陪伴我度过了人生中最最难过的时光……当我看到这些信息的时候，所有要放弃的理由都烟消云散了。佛法之所以八万四千法门，不正是普度八万四千众生吗？每个人遇到的问题不一样，世尊随机教化，说法也不一，所以《金刚经》说法无定法，又说无法可说。如果说，我的胡说八道，能带给大众丝丝清凉，能陪你走过人生的一程，我想，就是坚持的理由。

想到这，我赶紧收起思绪，作为一个修道之人，你怎么可以有半点负面的起心动念。你是修行人，你就必须得忍，不得有半点反击的念头。不管是寒风凛冽，还是风雪交加，哪怕是这冬日山上仅有的几只鸟，飞过你的头顶，恰巧鸟粪落在了你的头上，你都只能默然顶着，然后让它结成冰，自然脱落下去。还要庆幸自己，幸亏你是光头。别怨生活下手太狠，好歹它不惜损耗"内力"，在寒冬酷暑中历练你！

人生是厚重的，生活是褶皱的。人生不能一帆风顺，生活不是事事如意；人生不是完美无瑕，生活不是完美顺心；人生不能随意涂画，生活不是想怎样就怎样；人生有路途漫漫，生活是苦乐参半；人生不都是风轻云淡，生活有悲欢离合。别怨生活下手太狠，正是这么多"添油加醋"，丰富了这无比寂寥的世界。

美国著名的民权运动家马丁·路德·金（Martin Luther King）在 *I have a dream*（《我有一个梦想》）中说："We will hew out of the mountain of despair a stone of hope."（我们从绝望的大山中凿出一块希望的石头。）绝望是座大山，但是只要你能凿出一块希望的石头，你就有了希望。

伫立在山顶，看那山外灯火通明，霓虹斑斑。是的，这就是尘世，令无数人沉溺其中。人们贪恋人间繁华，把自己圈在了欲望里。而繁华终归是水中月。

我问佛："为何世人明知空欢喜一场，却依然贪着其中，追逐不休？"

佛说："人们的眼睛总被华丽的外表所蒙蔽，被名利所缚，若心不动，则不痛。俗语有言：人非草木，孰能无情。殊不知，草木才是最清醒的旁观者。经历春荣秋枯，却以一颗随缘自在的禅心活于红尘之间。"

在文博会遇到一位老妇人，她说：师父啊，我学佛二十多年，自以为也为子孙修一点福，积一点德。但是我没教育好我的儿子，他任性，随心所欲，招惹了不少事端。请问师父，该如何教化他呢？

生活是最好的老师，它有一点犀利，有一点俏皮，又有一点意味深长。它没有苦口婆心，却会一次又一次地让我们学会放下，懂得慈悲。

到头来才发现，我们苦心寻找的修行之所、清静之地，竟然就是我们行走的脚下。禅就存在于红尘中。在红尘中，懂得放下、懂得慈悲、不起贪念、不执拗，是为参禅。

别怨生活下手太狠。海纳百川，有容乃大；壁立千仞，无欲则刚。上天既然还让你活着，就不会绝了你的路。

别怨生活下手太狠，挫折坎坷，只是一种磨砺，无须抱怨；纠葛矛盾，只是一种生活，无须埋怨；压力烦恼，只是一种考验，无须压抑。今天、明天，坦荡来生活，愿你的世界充满快乐。

▲▲

遭遇过挫折才能更好成长

　　早上起来，法师们便开始准备灯笼，大家七手八脚地将灯笼一个个撑起来，再全部搬运到院子里。每一盏灯笼都挂着填满心愿的祈福牌，那是大家对生活最美好的愿望。不一会儿，院子里便堆满了红彤彤的一片。搬来了脚手架和梯子，大家开始将灯笼挂起来。一盏盏喜庆吉祥的灯笼挂起，年味儿也就越来越浓。风吹过，祈福牌在微风中摇摆，那是大自然对人们心愿的敬意。

　　挂好灯笼，已是中午时分，在火炉边坐下来，煮一壶茶。有朋友问我："师父，我实在活不下去了怎么办？"我告诉他："为什么总要往下活呢？活不下去了，可以往上活呀。"

　　有了这些工作，山僧终日忙得不可开交。有弟子说："真羡慕师父，终日为道场奔波，每天都那么充实。"其实不然，相对于这一场忙碌，我更希望铺一张麻布袋，躺在山坡上，晒一晒太阳，读一本喜欢的书籍；相对于这一场忙碌，我更愿意在田间摘些蔬菜，在厨房间做三两小菜。谁的生活，不是柴米油盐酱醋茶？你现在过着的，便是生活本身。

又有人问："师父啊，可能我对生活要求比较高，生活中总是看不惯很多人、很多事，给自己带来了不少烦恼也就算了，给别人也产生了很多麻烦，怎么办？"

六祖慧能说："若真修道人，不见他人过。"

所谓"不见他人过"，不是说眼睛里看不见他人之过，而是说看见他人之过时，也不会对自己产生什么影响，这需要智慧与慈悲。而不是用自己的标准来要求别人，所有的剑都是指着别人。要学会用智慧去观照，学会用慈悲去宽恕和宽容。做到这两点，我们和人交往就不会有太大的问题。

院子里养了几只鹅，吃得倒是健壮了不少，只是看起来跟别人家的鹅还是有些不一样。别人家的鹅都是"白毛浮绿水，红掌拨清波"，而院子里的鹅看起来总是一身黑乎乎的泥巴，兴许是不邻水的缘故吧。为此，每日中午，赶鹅去游泳便成了一项固定工作，看着几只大鹅左摇右摆地扭着屁股欢乐地跑在院子里，仿佛那便是欢乐的自己。然而发现，这些鹅并不

内心安详，从不荒凉

喜欢游泳，每次都需要抱起来一个个地丢进蓄水池里。当有人问我，为什么会做许许多多的工作时，我就想起了那一只只被迫下水的鹅，不擅长，不得已。谁的生活，不是赶"鹅"上架呢？

前几天寺院来了一位老居士，称自己是家里"当家的"。虽然退居"二线"，但仍然看不惯儿孙的很多生活习惯作风，不忍心他们走弯路，不愿意看到他们犯错，自己则常常唠叨，惹得家人不欢喜，自己也很生气，该怎么办？

人生的旅途，山高海阔，天涯路远。而渺小的我们总是容易迷失，难免会做出一些令自己后悔的选择。电脑还有系统出错的时候，何况是人脑呢？请给别人成长的机会，给别人犯错的机会。人非圣贤，孰能无过。况且犯错，是漫长人生中必不可少的。人生需要犯错，因为有过错，才会自省、自醒、自我领悟，从而才能更好地善待人生。不要因为一时的错误而怀疑自己的能力，也不要因为一时的错误去否定别人的人生。人活一辈子，并不是因为一个错误就能改变的。不要轻易气馁和妥协，因为今天所有的错，都是生命里不可缺少的考验。

其实这世上压根没有对错，不过是不符合自己的意愿罢了。接受生活中的那些不如意，放下生活中的那些对与错。佛语有云："苦海无边，回头是岸。"试着去放下那些对生活的成见，你会发现，这个世界没有你想象的那么糟糕。《心经》云："不生不灭，不垢不净，不增不减。"当我们的眼里没有对错的区别、人我的分别时，烦恼也就会减少很多。

内心安详，从不荒凉

▲▲
苦难是上天的安排

　　傍晚的山上，已经退去了中午的炎热，丝丝凉风拂面吹过，法师们在大雄宝殿的后面空地上，聚在一起，都试驾了一番刚开回来的电动三轮车。最高兴的当属寺院的老法师，他主动申请保管维护车辆，于是车钥匙便交给了他。能让大家生活上方便一些，我也感到无比的欣慰。

　　弟子发信息来说："师父，您终于开口了，每次问您寺院里缺些什么东西，您都说什么都不缺。"

　　其实山里的需求低。对我来说，寺院是一个家，而不是单位。家庭生活，有一些必备的生活用品就行了，所以大家万万不必担心。倒是师父心里常常牵挂大家，社会生活压力甚大，要赡养老人，还要抚养孩子，要追求自己的理想，还要担负社会的责任，我怎么忍心给大家增添麻烦呢？

每天都会收到很多的信息，大多数都是询问为什么、为什么，为什么自己的人生的道路上那么多、那么多，那么多苦难。今天没有鸡汤，我只想实在地告诉你一些真实的事情。

曾经有位善信来找我聊天，泡了一壶茶，就开始滔滔不绝地讲述自己的种种经历：妻子瘫痪了，自己一边开出租车赚钱，一边照顾妻子，还要照顾身体不好的岳父岳母以及刚上五年级的孩子。他一口气诉说了很多这条路上的辛酸故事，讲述了自己如何孝顺、如何为人、如何顾家、如何拼搏，让人听了都忍不住落下眼泪。他抱怨道："我这么善良、这么好的一个人，为什么会有这么多的苦难与磨炼，难道真是老天瞎了眼吗？"后来了解到，他承认了自己过去喜好杀生，经常以钓鱼、射猎为乐，讲述了自己贪恋美色，常常出轨、淫邪等。

福报与业力是两条并行存在的线，不存在相互抵消的关系，因此，不要想为什么我做了那么多好事，怎么还会遇到那么多的苦难。我们培种的福田，终会轮转享福；我们造过的种种业力，也定会果报成熟而轮回自身。

有人问，曾经的无知，造了种种的业力，既然做善事都不能消除，就一定要受这份果报吗？其实是可以消除的，那么消除罪障的方法是什么呢？

　　　　　　　内心安详，从不荒凉

忏悔。

什么是忏悔？忏者，忏其前愆。从前所有恶业、愚迷、骄诳、嫉妒等罪，悉皆尽忏，永不复起，是名为忏。悔者，悔其后过。从今以后，所有恶业、愚迷、骄诳、嫉妒等罪，今已觉悟，悉皆永断，更不复作，是名为悔。所以，时时刻刻，我们都要抱着一颗忏悔的心，当我们受苦受难的时候，应该感到欢喜，为什么？因为我们的业力又消除了一分，所以当有人骂我们，毁谤我们的时候，要感谢，感谢人家的慈悲，帮我们消除业障。

是的，不是所有的苦难，都是老天瞎了眼。

《孟子·告子下》说：故天将降大任于斯人也，必先苦其心志，劳其筋骨，饿其体肤，空乏其身，行拂乱其所为，所以动心忍性，曾益其所不能。

《达摩祖师四行观》说：若受苦时，当自念言：我往昔无数劫中，弃本从末，流浪诸有，多起冤憎，违害无限，今虽无犯，是我宿殃，恶业果熟，非天非人所能见与，甘心甘受都无冤诉。经云：逢苦不忧。何以故？识达故。

▲▲

坦然笑看世间繁华

在清晨的凉风中醒来,才料到,此时已是初夏。大西北的落后,连这季节也落后半拍,也正是如此慢节奏,山间小院的生活显得格外幸福。

小禅堂里,大家端坐着,都在认真地读诵着经典。都是初学,所以早课特别庄严。倘若我们时刻都有一颗初学的心,日子兴许也就不会有那么多烦恼。朗朗的诵经声响荡在清凉的山谷间,伴随着初开的大朵牡丹,正有一派香海净土、人间福地的景象。就在这一刻,任何人在这里,都不羡繁华不羡仙。

如此美丽的清晨,怎忍得辜负?抄起家伙,与工人们一同参与到建设道场的队伍当中。前院两侧的院墙已经差不多完工,准备开始全面铺砖。千年道场,建筑便需要格外留意,排水系统的规划,用电管道的铺设、绿化带的布局、配电室的建筑,都需要在地面铺设前设计规划完成,这就需要建设前期多

　　　　　　　内心安详,从不荒凉

动脑筋，免得给后人留了麻烦。三面观音圣像坐落的山头，今日也开始进行平整工作，待到奠基仪式后，便可进行地基基础建筑。挖掘机工作起来，要比我们这几个和尚高效多了。只是和尚好打发，几瓶矿泉水就足够，开挖掘机的师傅一天就要喝掉300多元的饮料才肯出力，着实让我汗颜。

有善信发信息给我，说工作、生活当中常会遇到一个人，由于个性突出，思维异常，让大家都很麻烦，近期在工作中与自己交际颇多，给自己带来不少烦恼，但这种"不同寻常"的人，又不好和睦沟通，该如何是好？

生活中，我们常常会遇到不可理喻的人，不可沟通的事，让大家都为之烦恼，那就怜怜悯悯他，放过他吧。常怀一颗怜悯的心看待众生，常含一线慈悲的目光关爱众生，就不会起心动念都是烦恼。

忙完了腊八节，日子就空悠悠的闲了下来。阳光正好，时间正好，我趴在书案前，认真地为大家准备着新年礼物。今年，在大家的新年礼物里，我特意准备了一本崭新的《金刚经》。如果说之前因为我的存在，可以陪你度过一些心酸坎坷的日子，而我终归有一天会离去，希望《金刚经》可以带给你无穷的力量。在每一个没有我的日子，你可以不依赖任何人，都能学会与生活握手言和。

我们都曾在生命里张牙舞爪过，而佛法总能发现我们张牙舞爪里面包裹的那些脆弱，并教会我们真实地面对，平淡地生活。于是，在阳光的陪伴下，我一遍又一遍地重复着，将幸福送到更多的人手中。

　　善信朋友们来看望我，泡一杯淡雅的茶，不用太多的话语。你不用说，我也不会问，只是你悠悠地在院子里走一走，而我还是在笔墨与纸张间来去。我相信，菩萨会给我们智慧，因此，每一次抬头看你，微笑是我对生活最好的回复。午餐时间，几碟简单的小炒，一碗清淡的面片，我说，大家要常常回家来吃饭。无论你在生活的哪一个角落，遇到了欢喜还是挫折，请你记得，在这西北的小山窝里，永远有你的一张床、一碗饭、一个虽然简陋但很温馨的家。总有人见到我会说："哇，师父您好年轻。"我想，这是好事儿。因为这样，我就可以在娑婆里陪你永久，当你们都乘上返航的船，我还能在山上挂一拐杖，朝着夕阳余晖的方向挥一挥手，然后再义无反顾地下山。我想，兴许我还可以再陪一些人。

　　我们在陌生的娑婆里，听陌生的声音，寻陌生的路牌，最后，走向我这一生要走的路。用美好的回忆装扮尘世一路，带着清澈的眼，看尽世间繁华。

　　　　　　　　　　内心安详，从不荒凉

第五章

你心柔软

却有力量

你敢试，世界就敢回答。

▲▲

用母爱，爱世界

当清晨的闹钟响起，睁开眼的一刹那，我知道，又要开始一天的搬砖工作了。虽然有一些疲惫，不想起床，但不得不起床，因为这就是生活，我们每个人都是这样。

搬砖这件事儿，如果刚开始是激情，中途是热情，但日复一日地搬下去，我想那一定是传说中的真爱。你得爱着它，才能每一次都是十二块砖，次次不减少；你得爱着它，你才会像老牛一样，拉着那根牵引的绳子；你得爱着它，才会站在高架上，蹲下来，搬起一块几斤、几十斤的砖再小心翼翼地站起来放在墙头上。我想，这一切，都是因为"爱"，所以不会轻易悲伤，一切都是幸福的模样。而我把这份爱，称作信仰。砌好一块砖，擦一把汗，拿起一瓶水咣当咣当地喝它几大口，看着架子下方，法师们、义工们忙得不亦乐乎。

用爱，来面对世界。

我认识这样一位母亲，因为多年没能育得一儿半女，后因缘具足，领养了一位可爱的男孩，从此生命之花，日日灿烂，时时绽放。"志决扼腕，抚小儿而噙泪；身累汗颜，含苦楚以喜悦。质秉玄灵，演绎生命密码；心怀温存，编织人间彩色。若乃褟褓之哭，无时捧月在掌；怀抱之笑，几多抚星忧乐。牙牙学语，千遍真爱呼唤；蹒跚走路，万般耐心情切。"

转瞬，二十载含辛茹苦，八千日牵肠挂肚，小儿终成年。奈何苍天闭眼，一场意外，她的孩子去世了。

那些时日，我常常与这位母亲通电话。两年过去了，当我接通电话后，对话依然是那几句：

"姨，您都好吗？"

"都好着呢。你呢？"

"我也都好。"

"那就挂了吧。"

"哦……"

嘟嘟嘟……

我抱着电话，想着电话那头的这位母亲。唤儿最怜清瘦，念子从未己顾；饭不甘兮夜无眠，朝倚门兮日已暮。倘若你从来没有来过她的生命，该有多好。既然闯进了她的世界，多一点时间给她，可好？把你从她生命里偷走的，统统还给她，可好？

内心安详，从不荒凉

再让我记忆犹新的是十年前，我看到一位母亲站在家门口，颤抖的手想要举起做一个再见的姿势，却最终没有举得起。

    搴帷拜母河梁去，白发愁看泪眼枯。
    惨惨柴门风雪夜，此时有子不如无。

从此十余载，这位母亲与子相聚的时日不满月。想当年，勤持家务，注目呵问热寒。期盼早跳龙门，何惜汗洒早晚。叹今日，日月可鉴，神情始终不变；风雨兼程，目光离合未远。这个"有子不如无"的"子"就是我。

源源江河不息，巍巍山岳慕望。清流汤汤，滋润大千朗朗；铁肩锵锵，砥砺繁盛煌煌。母亲之深情，毕生之荡漾；母亲之博爱，锦绣之滥觞。这世上第一个教会我们付出，第一个教会我们爱，第一个教会我们坚强的，便是您，母亲。曾经有一段时间，我问母亲："您舍得我吗？"

她没有看我，若无其事地告诉我："因为爱你，所以舍得。"

轮回众生，都是迷失的孩子。

用母爱，爱世界，你才不会介意这个世界是否一直对你温暖如春，还是对你冷寂如冬。

▲▲ 你心柔软，却有力量

早上，我站在狂风肆虐、备受摧残的院子里，身后传来振德的声音："师父，没水了。山上水窖的水见底了，连厨房水缸里的最后一缸水也吃完了。"

在我出生和生活的时代，只在书本、媒体上经常看到"节约用水""珍惜水资源"，其实这么多年来，从来没有真正意识到水的珍贵。直到今天，当洗脸没有水，刷牙没有水，吃早饭没有水的时候，这对我来说，又是一次考验。

总算是得益于兰州善信的帮助，从山下送来了一罐水，倒进了水窖里储存起来。我对幸福曾有过无数的定义，但我从来没有这般真切地感受过：能活下去，才是真正的幸福。

吃饱了，喝足了，不再担忧饮水的问题。剩下的岁月里，就多搬一点砖吧。很多人问我人生为什么烦恼那么多，我说那是因为搬的砖少了。

闲暇时，我在屋子里插了几束沙枣花，那是振德师和振博师在饭后晃晃悠悠地摘回来的。因为抗旱、耐碱的缘故，在西北大地上随处可见沙枣树的身姿。每年初夏，总有一股浓郁的花香弥漫在空气中，随着微风沁入肺腑，让人着迷。摘几株插在花瓶里，这花香，可以让人忘记所有的忧伤，心中自然也欢喜。

或许是这花香飘荡到他乡，落在有志者的身旁，让大家欢聚此方。寺院里目前常住着五位法师，除了好吃懒做的我，个个都是无比优秀的法师。是啊，在这贫瘠的大地上，寂静的山谷间，若非圣贤，孰能安住。

晚课后，大家开始齐心协力地做晚饭。你洗菜，我和面，他做菜，看起来个个都是做菜能手。这条路并不孤单，有无数风雨同舟的伙伴。都说，生活不止眼前的苟且，还有诗和远方。不得不告诉你，不要痴迷于诗和远方，道幻师的汤面有点咸；振博师的地三鲜，应该是刚下锅不久就盛出来了，吃起来声音清脆悦耳。而这，才是真正的生活，才是真正的力量。

有人问我，修行是修什么？

我说修行就是修心的过程。

那修一颗什么心呢？

日本有位道元法师，千里迢迢来中国求禅。他空手而来，又空手而归，只得到了一颗柔软的心。这颗柔软的心是来中国得到的吗？其实不然，道元法师本来具足，每一个人都本来具足。只是，倘若道元法师没有经过万里波涛来到中国，兴许他的柔软心就得不到显现。

其实修行，就是修得一颗柔软心。因为一颗柔软心，所以慈悲待世人；因为一颗柔软心，所以智慧处万事；因为一颗柔软心，所以禅定诸烦恼。然而这一颗柔软心，则需要我们历经千山万水。水很柔软，所以能滋生万物，包容一切。

我忽然想起，在梅园的山坡上，那首我独自陶醉朗诵了无数遍的《走向远方》，此刻摘录下来，和大家静静地分享：

是男儿总要走向远方，

走向远方是为了让生命更辉煌。

走在崎岖不平的路上，

年轻的眼眸里装着梦更装着思想。

不论是孤独地走着还是结伴同行，

让每一个脚印都坚实而有力量。

我们学着承受痛苦，

内心安详，从不荒凉

学着把眼泪像珍珠一样收藏。

把眼泪都贮存在成功的那一天流淌，

那一天，

哪怕流它个大海汪洋。

我们学着对待误解。

学着把生活的苦酒当成饮料一样慢慢品尝，

不论生命经过多少委屈和艰辛，

我们总是以一个朝气蓬勃的面孔，

醒来在每一个早上。

我们学着对待流言，

学着从容而冷静地面对世事沧桑。

"猝然临之而不惊，

无故加之而不怒"，

这便是我们的大勇，

我们的修养。

我们学着只争朝夕。

人生苦短，

道路漫长，

我们走向并珍爱每一处风光，

我们不停地走着，

不停地走着的我们也成了一处风光。

走向远方，

从少年到青年，

从青年到老年，

我们从星星走成了夕阳。

内心安详，从不荒凉

▲▲

只有努力了，才有未来

今日晴空万里，汽车在公路上行驶着，窗外是延绵不绝的山坡，绿油油的一片，美艳极了。妙证居士欢喜地驾驶着汽车，CD 播放着我所不能体会的爵士乐。我只是呆呆地望着窗外，思绪早已飞到西北大山里。院墙砌得顺利吗？三大士殿的收尾工作进展如何？斋堂图纸是否设计合理……要是能瞬间回到那山间小院里该有多好？看来我还是没能修得万缘放下。

"师父，快看那块牌子，过了就进入德国境内啦！到咱们欧洲的家啦，一大拨华裔善信已经在恭候您啦。"妙宏居士说道。我恍然回过神来，什么？德国？就是尼采的故乡德国？歌德、叔本华、贝多芬的故乡德国？

进入了德国，仿佛空气中都弥漫着顽强的气味。因为尼采曾经说过：但凡不能杀死你的，最终都会使你更强大。很多时候，我们兴许要感谢生命中的那些伤害与坎坷，然后抬起头擦干眼泪，对生活说一声：谢谢啊！而不是配一副近视眼镜认真地盯着生活的瑕疵不放过。

生命中最难的不是没有人懂你，而是你不懂你自己。内心的贫瘠，并非别人剥夺了你的一切，而是你抛弃了一切。

不去盯着生活的苦难，然后挣扎着仰望苍天，要一个答案；也不在闺房里闭门掩纸，道不尽，泪千行。我希望你勇敢，然后再坚定。多年以后，悠悠地端坐在古巷小院里，看着一浪又一浪的人潮涌过，我们终究会明白，我们也曾年轻过，也曾彷徨过，也曾辜负过，但好在，从来没有放弃过。一切，也都是最好的安排。

其实，更多的时候，我们看维特根斯坦，读叔本华，了解尼采、弗洛姆，从来都不是为了学到什么不得了的知识，我只是想知道世界上有一种人，在失意的时候，是怎么骗自己活下来的。

一位诗人的伟大莫过于无论过了多久，历经了多少时代，当后人再将那些作品翻出慢慢读来，却发现，这世上并不是没有知音，而是真正懂你的人早已撒手离去。

内心安详，从不荒凉

你说岁月太苦，

你叹人生太难，

可是谁的一生又是生来圆满？

不要愁眉难展，

不要涕泪两行，

来不及品味是你迫不得已的坚强。

拍一拍臂膀，

舒一舒脚腕，

俯下身，眼下便是你要冲刺的远方。

▲▲
感恩挫折，学会坚强

　　早上不到六点，我们正准备上早课，便听到院子里有突突的汽车声，原来是送砖的车。清晨的大西北，清凉无比，为了不让送砖的师傅久等，我与振法、振德、振博四人开始搬砖。清晨的微风中，大家都半眯着刚睡醒的眼，一言不发却又信念坚定地重复着弯腰、回身。不知道过了多久，车厢里终于剩下最后一排砖，大家都不约而同地加快了搬运速度，12块、8块、4块……大家扶着砖墙，望着东方红彤彤的曙光，再看看彼此，都会心地笑了。

　　洗把脸，还没有坐下来，我便接到司机的电话，开铲车的师傅渴了要喝饮料，于是开始借一辆小货车，去镇上为开铲车的师傅买饮料。我们还没有吃早餐，先安排开铲车的师傅吃好喝饱，以便早日礼请三面观音光临道场，福泽一方。

刚到镇上，便接到了物流公司的电话，是大雄宝殿内的龙门、经幢等绣品到了，顺便再买上安装所用的材料、工具。一回到寺院，大家便欣喜地凑上来，七手八脚地开始忙着安装。因为殿堂较高，安装起来并不是想象的那么容易。晚上七点左右，三个龙门、两个经幢总算圆满安装完成。此刻，大家已经是筋疲力尽。

生活中，我们会遇到很多的艰难困苦。就拿修建道场来说，当选择走上这条路，活着的便不再是自己，考虑的也不再是自己想要怎么做，而是大众需要怎么做。时时刻刻，都会遇到很多很多的艰难困苦，生活上的，建设资金上的，建筑规划上的，弘宗演教上的，还有与周边的村民交往上的，每一件都劳力伤神。

偶尔，我们还会遇到一些伤心伤肺的打击，单单每天摆出积极乐观的笑脸是不够的，还要正面勇敢地去面对、去处理。

挫折与失败是人生最好的礼物。挫折纵然无情，却给人无尽的砥砺；失败固然残忍，却让人趋于坚强。不要将挫折当作扔进湖面的石子，只是激起内心的惊涛骇浪，不要让挫折成为眼中的一粒沙子，眨一眨眼，就淹没了自己的世界。

这让我想起了寺院里刚来的阿姨，慈祥又善良。和她坐着聊了一会儿天，她便潸然泪下。在我的安慰之下，阿姨娓娓道来。原来阿姨的小儿子迷上了赌博，输光了家里的两套房子和所有积蓄。她非常难过，她拉扯着孩子一天天长大，不让他吃一点苦，教他最好的本领，接受最好的教育，享受最好的物质条件，为什么孩子会走上这样一条路？

从前有个渔人，他有着一流的捕鱼技术，被人们尊称为"渔王"。然而"渔王"年老的时候非常苦恼，因为他三个儿子的渔技都很平庸。

于是，他经常向人诉说心中的苦恼："我真不明白，我捕鱼的技术这么好，我的儿子们为什么这么差？我从他们懂事起就传授捕鱼技术给他们，从最基本的东西教起，告诉他们怎样织网最容易捕捉到鱼，怎样划船最不会惊动鱼，怎样下网最容易'请鱼入瓮'。他们长大了，我又教他们怎样识潮汐、辨鱼汛。凡是我长年辛辛苦苦总结出来的经验，我都毫无保留地传授给了他们，可他们的捕鱼技术竟然赶不上比我差的渔民的儿子！"

一位路人听了他的诉说后，问："你一直手把手地教他们吗？"

"是的，为了让他们得到一流的捕鱼技术，我教得很仔细很耐心。"

内心安详，从不荒凉

"他们一直跟随着你吗？"

"是的，为了让他们少走弯路，我一直让他们跟着我学。"

路人说："这样说来，你的错误就很明显了。你只传授给了他们技术，却没传授给他们教训。"

雨打梨花，飘零满地。落花不会因为你的怜惜就重上枝头；滔滔江水，一往无前，它不会因为你的难过就停止流动。幸福不是没有疼痛，快乐不是没有挫折。接受生活的崎岖，直面人生的挫败。镆铘之剑只有经过心血与烈火的铸炼才会锋利无比，绚丽的彩虹只有在风雨洗礼之后才出现。

不要跟生活中的沮丧、恐惧、悲伤、消沉过不去，生命是一场原谅，是一场放过，是一场随遇而安。

不要做生活的逃兵，内心清净便是独一无二的世外桃源。困难是无处不在的，普通人有普通的困难，要做一个伟人，便会有"伟大"的困难。相信，你骑着一辆车，歪歪扭扭地奋力前行着，却是为了驶向美好的下一站。

▲▲ 你付出的，时间都会给你

　　院子里养了几只鹅，一方面可以消耗一些残羹剩饭，另一方面也是自动除草机。每到天热的时候，大家便赶着鹅去寺院旁的蓄水池里游泳，几只鹅叫唤着，为这寂静的山坳增添了不少活力。跟着鹅左拐右扭，大家也是欢乐极了，因此每个人都爱上了"放鹅"。而我，则喜欢坐在院子里看大家活蹦乱跳放鹅的样子，自由自在的。总有人埋怨，生活给自己的太少，而自己付出的太多。

　　有一位正值青春期的女孩子，因为和妈妈吵架，甩门离家出走，已经在大街上闲晃了一整天，到了傍晚，又冷又饿又难过。此时此刻，她觉得自己是这个世界上最糟糕的人了。由于出走的时候愤怒、匆忙，身无分文，天越黑，内心就越焦虑。

终于，一家即将打烊的小店店主看到了失魂落魄的小女孩，将她叫住，盛上一碗热面。小女孩感动不已，一边狼吞虎咽地吃着面，一边流着泪说："阿姨，这是世界上最好吃的面，没有之一。""不，不，不，你妈妈做的才是，那比这丰盛多了，也用心多了，我只为你提供了一顿，她是日复一日。"

有一对年轻的夫妻，由于生活开支较大，男人又忙于生计，妻子不得不总管男人开口要钱。为此女人便生起烦恼，觉得会伤自尊，为什么不是男人主动给自己。后来，女人决定出去工作，再也不主动伸手要钱。到了工作单位，女人忽然间意识到，在家中养尊处优的自己，在单位适应了忍气吞声。其实，老公兜里的钱，是这世界上最容易获得的钱，没有之一。你宁可对着外人低三下四，却要对着最亲密的人横眉冷对。

一天晚上，有位善信非常关切地问候我："师父，您来了这么长时间，修建道场您的尊师支持了您多少钱？"本来我努力地做事挺高兴，被这么一问，悲伤之情油然而生。想想到了甘肃，无论是经济方面，还是物质方面，均没有得到恩师的丝毫帮助，好像是个孤儿一样生活在这大山深处。我不敢往下想，想多了都是眼泪。我猛然醒悟，怎么可以这么想呢？恩师十多年含辛茹苦、默默无闻地培养我，呵护我成长。我来到这里，他虽然没有在经济和物质上给过帮助，但每次寺院法会书籍不够或是需要什么，只要我一个电话，恩师总是第一时间安排解决。知足常乐，当你知道，所有的给予都不是理所应当时，快乐也就自然来得多一些。

前段时间，有位年轻姑娘哭哭啼啼地来信：新的手机上市了，男朋友不给自己买；生活里遇到困难向身边的朋友求助，没有得到理想的帮助。作为我的亲人朋友，为什么他们不满足我的愿望？

我回信：为什么他们要满足你的愿望？

高尔基说过：如果你在任何时候，任何地方，你的一生中留给人们的都是些美好的东西——鲜花、思想以及对你非常美好的回忆，那你的生活将会轻松而愉快。那时你就会感到所有的人都需要你，这种感觉使你成为一个心灵丰富的人。你要知道，给永远比拿愉快。这世上，没有任何人欠你什么，付出是欢喜，索取是痛苦。

这世上，没有轻而易举的收获，也没有理所当然的付出。

你所付出的，时间都会给你。

内心安详，从不荒凉

拒绝失望，拒绝忧伤

因缘殊胜，我们前往甘肃省、青海省交界的黄南藏族自治州朝礼。一路上，天空散布的云朵，就像草原上的羊群。

溪水潺潺的桥边，树林里百鸟齐唱，动听婉转。玛尼云缭缭绕绕，在树林里慢慢地隐退。绕几圈佛塔，便能清新了我因感冒乏力而混沌的意识。周围的经幡招摇在夕阳下，神圣的经文活跃着，被风吹动一次代表诵经一次，为这片土地的人们带去美丽的祝福，为你我指引美丽的前程。

点一盏酥油灯，愿智慧的光芒，照破无明，照亮山河大千。就让这岁月把记忆带走，让我们把微笑留下，不管是在寂静的山谷间，还是在繁华的都市里；不管是在梵音缭绕的佛殿，还是在温暖和睦的家庭，让幸福来得顺其自然。当我们心中有了那不可磨灭的信仰，再无更多的执悔，都会保持一朵花儿般的微笑。即使孤单，即使困苦，有生之年让我带着我的纯白与微笑去寻找我生命中的自己。

屋檐遮阴觅秋凉，秋凉深处伴花香。一道凉风从山谷间划过，捎带来一丝浅浅的花香。天际一排雁儿似的白云，如一苇远航，穿过海浪，荡漾起记忆里的一股力量。除了仰望蓝天白云飘荡，火辣的荒山上，是否还有你无法言语的惆怅？躲在屋里，用一个静寂的午后，煮一壶清茶，静静追溯一段旧时光；望几眼锦绣山川，写一段随遇而安的人生，留一段青春的绚烂。

我想繁花锦绣，却只能满笺清凉。往事如烟，终究不能透穿过时光的荒芜。把今朝写进那些记忆，伴一程岁月留念，等有一天我们弯腰驼背时，怎么会忘却，那些年我们肝胆相照、温暖相依，轰轰烈烈地同行在西行的路上。今日的满面尘土、酸泪两行，终将会伴随着一抿微笑而云淡风轻。

不要觉得幸福虚幻缥缈、遥不可及。相遇是幸福，等待是幸福，流过的泪，听过的梵音，那日复一日擦拭的供桌和捻了无数根的灯芯都是幸福。幸福是光焰，从开始的微微星光，或者轰轰烈烈，到平淡似水，都是幸福。茶余饭后，漫步大山之巅，看那云卷云舒。与伙伴们同愿同行，在时光中相依，看细水长流，剪折无数的欢笑与感动。幸福有期盼，有失望，有疼痛……疼痛会消逝，伤疤会愈合，这些疼痛、伤疤让我们懂得，辜负亦成慈悲。

　　郭敬明说过：红莲即将绽放，幸福如果还没有到来，请慢慢等待。

　　阳光明媚，秋风悠扬。看几页图纸，亲自了解一些建筑细节，切割中、抛光时，时光依然，越过今生的尘烟。一切的一切皆是幸福。

▲▲

安然面对你的流年

秋日的夜晚，一丝丝吹来的凉风，仿佛能吹去整日的疲劳。一行人漫步在城郊的小路上。淡淡月光轻轻地洒满小路，银光点点。我抬头望着夜空中那圆圆的月亮。季节在悄然无声变换，岁月也毫不留情地在我身上刻上痕迹。

风从树叶的缝隙间荡过来，凉凉的，柔柔的，吹在身上舒服极了。月亮的清辉似水一般在田野里流淌。薄薄的轻雾如纱般飘浮起来，四周朦朦胧胧的，仿佛走进一个梦幻般的世界。小路若有若无，在脚下蜿蜒而去。空气中弥漫着庄稼成熟的香味，让人倍感惬意。有不知名的小虫在草丛里，轻轻鸣唱，声音细细微微的，像那鸣沙山被风吹过一般。远处，农家窗户的灯光，一束束地透过夜幕照过来，给这温馨的夜色增添几分迷人的魅力。潺潺的流水声传来，在这寂静的夜里，格外响亮动听，就像有人在弹奏一曲欢快的钢琴曲，轻盈流畅。月儿的笑脸已经升到中天，皎洁的月光倾泻下来，在田野上洒下银白一片。

在这美景的诱惑之下，我们不停地往前走，一时忘却了回家路。大家七嘴八舌地探讨着说，这就是欲望带来的后果。欲望总是这般，它让你前进一步，再前进一步，你也总是安慰自己，再前进一步就好了；然而我们总会在自己的麻醉与安慰之下，跌入万丈深渊。欲望本身就是一种矛盾，我们时常想要的，总是与事实相反的东西。这并不意味我们必须毁掉欲望，或者压抑、控制、升华它，我们只需要单纯地正视欲望的本质。必须先认识欲望的本质，才能认清冲突与矛盾。我们的内心就是因为这些追逐快感和逃避痛苦的欲望，才不断陷入矛盾之中。

我陶醉在这寂静的夜色里，沐浴在清凉的月光中，任月光柔柔的手，轻轻拂过心间。让时间慢慢地凝住，去尽情享受夜晚带来的那份宁静。

清晨是最美好的时光，永不停歇的佛号声飘荡在晨曦中，殿堂里燃着的西北特有的柏香（柏树叶子晒干后粉碎的粉末）。风吹过窗台，掀起了尘土，像一层薄纱飞扬。阳光漫进了窗棂，天边的蓝，净洁如洗。柔柔的浪漫渗入心间，生出淡淡的安宁，雕刻出时光的静美。

我已能安然面对流年中的寂寞及零落满地的凄凉，对于际遇已不再过多期盼与幻想。举起手中的笔管，站在季节之上，仰望空中的云层。很多记忆是流年用一笔蓝墨水彩缀点的青春，纯净的蔚蓝，风轻云淡，如诗般静好。流水浇洒在满地的白土，像极了和面的场景。生活一直都是这般平淡、简单。流水依依，朦胧漂泊的如烟记忆只能静静地观看，我掬一泓秋水，把欢喜惆怅的往事，绎写成诗，反复地阅读。

就这样，立秋了。脉脉秋风，树叶清凄，繁华褪去，散不去的是这一路的浮华悲欢。望着东方初升的太阳，仿佛回到那年江南。时光淡出是年华中的那一份爱，哪怕隔了千山万水，哪怕最后的一瓣荷叶已零落成泥，牵念依然在。因为爱，所以不曾绝望；因为懂得，所以不会忧伤。

我知道，有一些东西必须丢弃：一抹陈年的悲怆，一幕烟雨坠落的忧伤，一怀可能覆盖明媚的哀戚忧思，一袭徘徊在记忆边缘的寂寞。善于遗忘，便能获得更多幸福。那么，微笑吧，浅浅一笑，是明媚，是清欢。于是，我种下一颗红豆，等待它萌芽，就像初次邂逅的萌动与欣喜。我要将双脚埋在西北方，陪伴它度过一个又一个天亮。我坚信，在某一个清晨明媚的早上，那是我从未见过的曙光。

内心安详，从不荒凉

▲▲

幸福的秘诀在于懂得自省

吃过午餐，便早早地躺在床上小憩，一不留神便迅速进入了梦乡。

我常常感叹，人活着真心不易，睁着眼，是幻境；闭上眼，是梦境。

半夜里，兴许是睡饱梦足了，或是心头上还有些未完的事儿牵挂，醒了过来，翻起身来端坐在写字台前。我掀开窗帘，大家屋里的灯都熄灭了，院子里的太阳能探照灯通宵亮着。其实我最喜欢深夜里一个人独处。刚到这里时，屋里还没有窗帘，没有电视机，没有正式的写字台。同样在这间屋子里，痴痴地望着明月和漆黑的大山，我发愿，要让这佛法的明灯照亮这座山，照亮大众回家的路。

时光荏苒，当我再一次不经意掀开窗帘，透过窗户，那山没有变，那树没有变，那明月也没有变，映入眼帘的却是那一盏盏喜庆的灯笼默然寂静地照耀着。打开电脑，我曾看过无数的文字，让人心潮澎湃，让人踊跃沸腾。然而，不管是夜里，还是文字里，我都希望，是安静的，是延绵无绝期的。

　　就如同在这烟花三月，依然寂寥的西北大地，其实早已在我的心上开满了鼋头渚的樱花。在那樱花飘落的满地，早已浮现了我们搬砖的身影。世界那么大，我只关心我的砖；世界那么忙，我只在乎我的墙。

　　幸福的秘诀是什么，是自知之明。人丑就要多搬砖，不要把时间浪费在一些无病呻吟上，放下生活中的那些不满与矫情。跟我来搬砖，节奏带起来，弯腰、起、上，装好砖，再来一遍，弯腰、起、上。

　　这世上，很多的烦恼都可以通过这项运动来解决，"砖"治百病嘛！幸福的秘诀是什么，是坦然接受。

　　曾经我以为，在那青山绿水之间，一个几亩地的小院子，青灯古佛，梵音经卷，苟且残生，抑或是一钵千家饭，孤身万里游，做一个云游十方的行者，岂不逍遥自在。莫不是菩萨慈悲，担心我辜负了这大好时光，安顿我于这百亩荒山，搬砖砌墙，铸造佛国净土。

　　　　　　　　　　　　　　内心安详，从不荒凉

不必去埋怨生活的那些高低起伏、坎坷崎岖，坚持度过一个又一个白天，夜里，闭上眼睛，世界哪还有什么悬崖。

岁月荏苒，不经意间，盛夏便以一种优雅的姿势落幕，独留下阵阵秋意渐近，丝丝凉风入怀。

凝眸回首，浮生若梦。岁月如梭，往事无声飘落。漆黑的山明亮了，孤独的山热闹了，贫瘠的山繁华了，只是红尘过往，你在毫无预兆的夕阳余晖下，功成身退。在多少个繁华的夜晚，多少次伏案写作的写字台旁，我寻你不见。山中的一声汪叫，足以让熟睡的山僧翻身而起，明月当空，那是你对山僧的眷顾吗？一度琴箫奏破，流年的碎片成了心的没落，婉歌成思念里残缺的殇，阡陌幽吟。

似水年华，只要我们记住了那曾经的回眸一笑。只是，每一次转身都能看见彼此，这是我们不变的诺言。

那些只有你与我懂得的，终究会于流年的枝头，镌刻无悔的印记。心的温润，轻盈了时光的脚步，织少许风花雪月的浪漫，携一份布衣的恬淡，将那些纵横交错的生命脉络，盈盈在握，让心灵相牵的暖，在灵魂深种，将一生的风景，写成温婉的诗篇，相伴走过。

第六章

换

一种视角

看世界

生活安排什么，
我就热爱什么。

▲▲

内心安详，从不荒凉

　　我有一个叔叔，是我见过的最为"平静"的人，那一份平静甚至被人视为一种"病态"。他走路缓慢，悠然自得；他讲话平和有序，从没见过他神情激动、眉飞色舞的样子；遇到任何事情，他都不紧不慢，纵然其他人着急得像热锅上的蚂蚁，他也是"事情总会解决"的态度。

　　记得有一次，叔叔的儿子成家，因为购置家产加上婚礼彩礼等，花了很多钱，但还差二十万。婚礼的日子越来越近，就等着钱到了筹备婚礼，连身边的亲戚朋友都着急了，开始张罗着帮忙筹款，他仍然不紧不慢地微笑着面对。

　　小时候，常常会觉得叔叔是一个责任感不强、不利索的人。学佛以后，就不以为然了。

人活着是件麻烦的事情，焦灼、急躁、愤愤不平的时候多，而安宁、平静、沉着稳定的时候少。

山里的清晨，欢喜自在，鸟儿欢歌，声声悦耳；山里的夜晚，寂静美丽，明月繁星，颗颗闪耀。白日里就反复无常了，或风或雨，或乌云密布或晴空万里。活着也是一般，风雨雷电充斥着我们的生活，平静的时刻总是很少。修行即是如此，人们常常看到少林的武术名扬天下，殊不知，少林功夫从来不是用来制服别人的，而是用来制服自己的。我们用般若掌打掉自己的烦恼，用无影脚踢掉自己的习气，禅武结合，回归自己的清净本性。当我们去除了这些种种的陋习，智慧就得以显现了。

有人问我："师父，我遇到事情的时候常常心急如焚，甚至气急败坏，如何才能克服呢？"

安详属于强者，骄躁无济于事。安详属于智者，气急无用之功。安详属于信心，吵闹无有底气。安详方能静观，观察方能判断，明断方能行动。有条有理，不慌不乱，如烹小鲜，庶几可以谈学问矣。

一直以来，对于沙漠都有着特殊的情感。很多人想到沙漠便是恐惧，而我，却对它爱得那么彻底。大漠是雄壮的，是

内心安详，从不荒凉

沉默的，又是凄美的。多少次黎明即起，面向霞光万丈，比光轮还明灿的荒原；多少次望断绿洲，那里炽热着的杨柏早已枯萎，生命战胜不了沙漠。多少次啊！我把欲望的根抛进你赤诚之地，沐浴在烈阳下的酷热的大漠，俯仰这强烈的光源。终究要何等涟动的长河、何等强烈的爱恋，才能感动你——大漠的狂热。最喜欢的，要数黄昏时，一个人静静地躺在沙漠之巅，这一份平静，足以忘记、放下生活的一切。

有一个巨商，为躲避动荡，把所有的家财置换成银票，特制了一把油纸伞，将银票小心地藏进伞柄之内，然后把自己装扮成普通百姓，带上雨伞准备归隐乡野老家。不料途中出了意外，他劳累之余在凉亭打了一个盹，醒来之后雨伞竟然不见了！巨商毕竟经商数年，面对突如其来的变故，他很快冷静下来，仔细观察后他发现随身携带的包裹完好无损，断定拿雨伞之人应该不是盗贼，十有八九是过路人顺手牵羊拿走了雨伞，此人应该就居住在附近。巨商决定就在此地住下来，他购置了修伞工具，干起了修伞的营生，静静等待。春去秋来，一晃两年过去了，他也没有等来自己的雨伞。巨商沉下心来，仔细思量，他发现有些人当雨伞坏得不值得修的时候，会选择重新购买新的雨伞。于是巨商打出"旧伞换新伞"的招牌，而且换伞不加钱。一时间前来换伞的人络绎不绝。不久，有一个中年人夹着一把破旧的油纸伞匆匆赶来，巨商接过一看，正是自己魂牵梦绕的那把雨伞，伞柄完好无损，巨商不动声色给那人换了一把新伞。那人离去之后，巨商转身进门，收拾家当，从此消失得无影无踪。

尘世间的纷纷扰扰，并不是生活的主旋律，我们对自然的认识，尤其是对自己的认识，才是关键。以一颗平静的心面对自然，面对生活的油盐酱醋，面对世间的轰轰烈烈，面对自己。无论何时，让我们以一颗平和的心面对这一路的高低起伏，看世间纷扰心如止水，历世态炎凉云淡风轻。

愿你内心安详，从不荒凉。

换一种目光看世界

太阳还未升起之前，庙前山门外凝满露珠的春草里，跪着一个人："师父，请原谅我。"

他是城中最风流的浪子，二十年前，是庙里的小沙弥，极得方丈宠爱。方丈将毕生所学全数教授，希望他能成为出色的佛门弟子。他却在一夜间动了凡心，偷下山去。五光十色的城市俘虏了他的眼目，从此花街柳巷，他只管放浪形骸。

夜夜都是春，却夜夜不是春。二十年后的一个深夜，他陡然惊醒，窗外月色如洗，澄明清澈地在他的掌心。他忽然深自忏悔，披衣而起，快马加鞭赶往寺里。

"师父，您肯饶恕我，再收我做弟子吗？"

方丈痛恨他的辜负，也深深厌恶他的放荡，只是摇头：

"不，你罪过深重，必堕阿鼻地狱，要得佛祖饶恕，除非——"方丈信手一指供桌："连桌子也会开花。"

浪子失望地离开了。

第二天早上方丈踏进佛堂的时候，惊呆了：一夜间，佛桌上开满了大簇大簇的花朵，红的、白的，每一朵都芳香逼人。佛堂里一丝风也无，那些盛开的花朵却簇簇急摇，仿佛是些焦灼的召唤。

方丈在瞬间大彻大悟。他连忙下山寻找浪子，却已经来不及了，心灰意冷的浪子重又堕入他原本的荒唐生活。

而佛桌上开出的那些花朵，只开放了短短的一天。

是夜，方丈圆寂，临终遗言：

这世上，没有什么歧途不可以回头，没有什么错误不可以改正。一个真心向善的念头，是最罕有的奇迹，好像佛桌上开出的花朵。

而让奇迹消失的，不是错误，是一颗冰冷的、不肯原谅、不肯相信的心。

每天早饭结束后，到施工现场看看今天工作的进展，是我要做的第一件事，也是最欢喜的事。一天里，我能在施工现

内心安详，从不荒凉

场跑很多趟，三大士殿施工现场、木料加工现场、三面观音地基施工现场。我在三个场地乐此不疲地跑来跑去，一方面借此机会学习一些建筑方面的知识；另一方面，每当工程有一些进步，就会觉得格外的欢喜。烈日炎炎，也挡不住信念的清凉自在。

当繁华落幕，开一盏照耀大山的灯，坐在院子里的三轮车上，和法师们聊聊天，看着满天的繁星，我知道，我们的世界并不孤单。这是一条凝聚之路，这是一条信念之路，这是一条幸福之路。不要害怕前路漫漫、困难重重，当生活看到你有足够的信念，不取真经誓不罢休的决心，就会有无数的"战友"加入行列，同愿同行。

晚上收到一位中年男子的来信：单位里领导处处与自己作对，总是对自己的工作指手画脚；生活里，丈母娘也看不起自己，常常唠叨要求自己多上进、求发展。自己的人生为什么如此的灰暗，世界为何这般的功利。我给他讲了这样一个传说：

很早以前，偏远山区的一个村落里，住着一位小有名气的雕刻师傅。因为这师傅雕刻技巧不错，所以附近一村庄的寺庙，就邀请他去雕刻一尊"菩萨的像"。可是，要到达那村庄，必须越过一座山；这座山偏偏传说"闹鬼"，有些想越过山的人，若夜晚仍滞留在山区，就会被一极为恐怖的女鬼杀死。

因此，许多朋友、亲人就力劝雕刻师傅，等隔日天亮时再启程，免得遇到不测。不过，师傅生怕太晚动身会误了和别人约定的时辰，即感谢大家的好意而只身赴约。走啊走，天色逐渐暗淡，月亮、星星也都出来了，这师傅突然隐约发现——咦？

怎么有一女子坐在前面路旁，草鞋也磨破了，似乎十分狼狈、疲倦。

师傅于是探询这女子，是否需要帮忙？

当师傅得知该女子也是要翻越山头到邻村去，就自告奋勇地背她一程。月夜中，师傅背着她，走得汗流浃背后，停下休息。此时，女子问师傅："为什么不自己赶路，难道你不怕传说中的女鬼吗？还要为了我而耽搁时辰？"

"我是想赶路呀！"师傅回答，"可是如果我把你一个人留在山里，万一你碰到危险怎么办？我背你走，虽然累，但至少可以互相帮忙、有个照应啊！"在明亮的月色中，这师傅看到有块大木头在身旁，就拿出随身携带的凿刀工具，看着这女子，一刀一刀地雕刻出一尊"人像"来。

"师傅啊，你在雕什么啊？"

"我在雕刻菩萨的像啊！"师傅心情愉悦地说："我觉得你的容貌很慈祥，很像菩萨，所以就按照你的容貌来雕刻一尊

　　　　　　　　　　　　　内心安详，从不荒凉

菩萨！"

坐在一旁听到这话的女子，即哭得泪如雨下，因为她就是传说中的"女鬼"。多年前，她只身带着女儿翻越山头时，遇上一群强盗，但她无力抵抗，除了被奸污外，女儿也被杀害。悲痛的她，纵身跳下山谷，化为"厉鬼"，专在夜间取过路人性命。可是，这"满心仇恨"的女子，万万也没想到，竟会有人说她"容貌很慈祥，很像菩萨"！

刹那间，突然出现一道光芒，这女子消失在月夜山谷里。

隔天，师傅到达邻村后，大家都很惊讶他竟能在半夜中，活着越过山头。而从那天后，再也没有夜行旅人，遇见传说中的"女鬼"了。

很多时候，阴暗的，也许不是这个世界，而是，我们的目光。

成功的捷径，幸福的窍门

　　经过了大半夜的努力，三面观音圣像地基的平台浇筑工作总算完成。一大早起来，我便迫不及待地上山去看看。经过一夜的时间，混凝土已经凝固了。我顺着楼梯上去，这就是我想象的新高地，果不其然，不远处的飞机场、高铁站、高速公路以及居民区，都尽收眼底，大有一览众山小的感觉。眺望着远方，想象在明年夏日寂静的傍晚，阅一卷书，丰盈淡雅人生；捻一朵花，诗意素锦华年；沏一壶山水，品味岁月的幽远绵香。于光阴的重峦叠嶂之间，嗅碧草含香，观红尘如黛，揽四季清风，携一份清浅，定是惬意无比。有人问我，什么是禅。静是禅，淡是禅，日月清辉是禅，花开花谢是禅，文字是禅，懂得又何尝不是禅。

　　　　　　　　　　　　内心安详，从不荒凉

不远处，凌晨的都市霓虹还没有退去。我们身处红尘，喧嚣里，总想要寻一处清幽，一座篱笆墙围起的清雅院落，一段篱笆墙围起青葱时光，抓几片闲云，点缀上空，揽几缕清风，吹拂浅草，偶尔有那么几株紫色小花爬满篱笆，装点着院落，散发着淡淡的清香，如此恬淡，便好。都说禅是一枝花，的确，暗香中，散着淡淡的清雅，使人静心、清心，那一抹香，也入了流年中最美的华年。清风扑面，以为那解脱自在遥不可及，这里便是我梦寐以求的清凉世界。

院子里的空气像过滤了一遍似的，非常新鲜。天渐渐破晓，淡青色的天空镶着几颗残星，大地朦朦胧胧的，如同笼罩着银灰色的轻纱。过了一会儿，太阳公公就跳出了水平线，把柔和的阳光均匀地洒在山坡上，琉璃瓦上，满地的霜雪在阳光下显得格外的刺眼。

大殿的屋脊上，几只喜鹊叽叽喳喳地叫着，叫出了一天的好心情。殿堂里的梵音阵阵传出，飘荡在院子里，成了这大山深处唯一的交响乐。空气中弥漫着檀香焚烧的香味，我来不及欣赏，裹紧了衣服往屋里跑，这个时节的冬日清晨，气温已然是零下。

下午佛事活动结束，有人提议去周边走走，我说好啊，我一边点人数一边打趣道："振博就不去了，出门也没带钱包，就别浪费座位了。"振博师激动地说："不行不行，不是还有师父您嘛，我带着您，您带着钱，我们一起走天涯。"

生命没有那么多的忘不了、放不下。人生这一场漂泊的漫旅，我们走过的每一个地方，遇到的每一个人，也许都将成为驿站，成为过客。总是喜欢追忆，喜欢回顾，喜欢眷恋。却发现，曾经以为念念不忘的事情，就在我们念念不忘的过程中，慢慢淡忘……对于曾经的驿站，只能剪辑，不能驻足；对于曾经的过客，只能感激，不能苛求。一切过去了的，都值得原谅。

偶尔的放纵看似单纯，身心其实早已被欲望的魔障侵蚀了。慢慢地我们终究会知道：有些事，荒诞不经只适合敬而远之；有些道理，平平淡淡却适合持守一生。信任是彼此生命注定相逢后的庄严承诺，或驻足呵护，或擦肩回眸。宽恕之后不再迷失，就是一种解脱。愿我的祝福，透过这空谷幽响，流淌至你的身旁。

成功没有捷径，诚实劳动是成功的唯一捷径；幸福没有窍门，以苦为乐是幸福的不二法门。

内心安详，从不荒凉

人生最大的修养是包容

盛夏的大西北，蓝天白云，阳光明媚。我喜欢阳光，走在人生的大道上，跌跌撞撞，时而欢喜，时而悲伤，是什么又让我们昂起头继续向前呢？是太阳，是心中的那一朵彼岸之花，牵使着你我之间的约定，成为我心中那一股永不可灭的骨气，终究是信仰。

在树荫下找个小板凳坐下来，听风吹树叶哗哗作响的声音，这是大西北独有的音乐。法师们围着树荫坐下来，清风拂面，一派悠然，像极了村里的老人。人生不过是一场放下。

有人说：人生，最难修的要数忍辱了。我赞同，当我们把一件事当作是"辱"来修，那自然是无比艰难的了。把人生活成一场接纳，活出一番包容，生命哪有忍辱可言？人生最大的修养是包容。它既不是懦弱也不是忍让，而是察人之难，补人之短，扬人之长，谅人之过，而不是嫉人之才，鄙人之能，讽人之缺，责人之误。包容是肯定自己也承认他人，是一种善待生活、善待别人的境界。在包容的背后，蕴含的是爱心和坚强，是挺直的脊梁，是博大的胸怀。心若计较，处处都有怨言；心若放宽，时时都是春天。若要计较，没有一个人、一件事能让你满意。

人活一世，最重要的是心灵的安稳和平静，何必跟自己过不去。心宽一寸，路宽一丈。若不是心宽似海，哪有人生的风平浪静？有些事不管我们愿意不愿意，都要发生；有些人不论喜欢不喜欢，都要面对。人生中遇到的所有的事，所有的人，都不是以我们的意志为转移的。愿意也好，不喜欢也罢，该来的会来，该到的会到，没有选择，无法逃避。我们能做的就是面对、接受、处理、放下，调整好内心，用善良、爱心感染生活，感染人生。

而我坐在窗前，和着窗外的月光，读两页书，写两行字，心里也是滋润的。

草香盈盈五月暮，夏木阴阴六月初。窗里闲读，窗外犬戏。撷一抹清凉与文字共舞，不为繁华吟唱，只想，能让清晨的第一缕阳光，照耀你心房。

内心安详，从不荒凉

什么才是最好的生活状态？"不以物喜，不以己悲"便是最恰当的诠释。古人拥山水自然，尚且已有这番鸿鹄之志、开明之意，今天的我们生活在物资丰裕、安泰和谐的条件下，还有什么忧伤痛楚的沟坎迈不过去呢？

　　"路漫漫其修远兮，吾将上下而求索。"谁不是在逐步醒悟过程中，不断地消除自我的狭隘、片面和偏激，才能从容地生活，淡定地前行。人非圣贤，没有谁是完美无缺的。只要我们前进在完善自我的道路上，无论结果怎样，有过程就有收获，何必担忧？炎炎夏日，蛙鸣燥热不过是一种自然现象，如果我们怀着一种平静畅快的心境融进那个氛围，就能体会到夏日绿荫的凉爽、蛙声一片的欢快。夏木阴阴，撷一抹清凉慰你，只愿，与岁月前行，怀安淡之心而旅，伫天地之间，揽诗和远方入襟。

　　一花一世界，一叶一菩提。风住尘香在，月华千万里。填词造句，只为予君一丝暖情；墨染素笺，唯愿夏日清凉怡你心、爽你意，揩去你心中的忧伤。生活这条路，不外乎我们相互扶持着，淡看日升月落、四季回转的岁月蹉跎；共享春花秋月、冬雪夏盛的云水之意，且行且珍惜。

　　有人问我："师父，您对生活的见解与认知，是怎样的？"我想："倘若生活是一首诗，我就是诗中的某一个文字，我会配上一段美妙的音律朗诵它；倘若生活是一首歌，我就是歌里某一个跳跃的音符，我会用生命虔诚地浅唱它；倘若生活是一杯茶，我就是杯水中浸泡的某一片叶子，我会拿最好的泉水泡沏它。"

我们都是这大千世界的一粒尘埃，乐观地活出这一粒的从容与自在。当我们把心安下来，就会发现，所谓的生活很简单。简单到你开心，它跟着快乐；你消沉，它跟着寂寞；你伤心，它跟着流泪。

内心安详，从不荒凉

▲▲

放下痛苦，才能沐浴阳光

　　山上住久了，每次进城都有些不习惯，拥挤的街道，匆忙的人潮，人们在这里寻找梦想。振博师趴在车窗说："师父，您看，城里人个个穿着优雅，他们的生活真丰富。"

　　其实优雅也好，机智也罢，重要的是要在凌乱了的都市步伐节拍里找回一份笃定和从容，如此才会寻觅着人生的趣味，从而获得心灵的智慧。好比我们读到一篇好文章，归根到底其风格也是趣味的表现，里面有着情感、思想和境界的高度。也有人说城市的生活忙碌机械，稍不留神就会被现实的浪潮裹挟而去，不知所终。要如何才能在机械的都市活出一些诗意来呢？诗意是一种信念，而不是一种状态。当我们的心中有了一种憧憬和愿力，并将它活在生活的当下，试着以各自的方式守住自身。那么，不管是一段旅程、一行诗句、一个影像、一缕情丝、一份真诚与善良……都可以变作我们行路时候的安慰和依托，然后进入其中，萃取最珍贵美好的部分，抵达自我。

回到了山上，干枯一片。清风吹过，久未逢雪的大地泛起一层沙尘，内心也寂寥起来。实事求是地讲，没有人喜欢这荒芜的黄土高坡，然而，我只是静静地在自己的心里种下绿荫一片。

回到寺院已经是夜里十点。夜，那么美，那么宁静，法师们都在院子里等我回来。推开门，第一眼便看到了他们。这世上最幸福的事，莫过于总有人等你回家。

几日的奔波劳累，放下行李，躺在床上伸了个懒腰便睡着了。没过一会儿，便被午夜的闹钟叫醒。哦，今夜里无锡的善信弟子妙本、妙澄来参加禅修夏令营活动。大家都已熟睡，我摸着黑翻身起床，连忙赶往机场接机。二位弟子已经是第二次来兰州，这次趁着暑假，赶来小住半月。伴着月光回到寺里，妙本与妙澄便被山上头顶的天空所惊呆。是啊，这繁星，美得那么惊艳。

一进了门，妙本就指着箱子说："师父，厨房在哪里？妙曦师兄让我带很多菜给您。"看着他一件一件往外掏，那都是从家乡香飘而至最真挚的情谊，尤其是那一包剥好的毛豆，每一粒都是爱，都是无私的奉献。这让我在这深夜里如何入眠……

内心安详，从不荒凉

人生走一程，不过是一个相互温暖的过程。我们注定在彼此的生命里轻轻走过，不求轰轰烈烈，甚至不求一点涟漪。人生这条路，没有谁不是孤独的，没有谁能陪伴你走到最后。然而，当缘分的飘过让我们一起走过一程，又何不彼此珍惜，彼此温暖地度过。

　　人生苦短，何不淡然。

　　人生不过是一场旅行，去哪里并不重要，重要的是这一路的风景以及看风景的心情。人生就是一条坎坷曲折的路，即使是不断地跌倒，也一定要爬起来，拍拍身上的灰，微笑着走下去。因为，这一秒不放弃，在下一秒就会有希望。

　　放下苦痛，才能沐浴阳光。人生的旅途，总是蜿蜒曲折坎坷不平的。在孤独的时候，给自己安慰；在寂寞的时候，给自己温暖。更何况，我们是幸福的。学佛的人，是这世界上最不孤单的人，因为心中有佛，从此我们的生命都注入了阳光与温暖。

　　来吧，放下那戒备、防范的心理，卸下那张笑得难堪的面具，脱掉满身带刺的外套，以一颗真诚、温热的心来爱这个世界，接纳朋友，感受生活吧！

▲▲
生命只有一盏茶的光阴

只是一个低眉的瞬间，蓦然回首，旧年已去，新年又至。我曾以为生命是轰轰烈烈的，光阴却是这般的不动声色，寂寂无声地从我手指滑落。浮光掠影里，总让人措手不及，却又无可奈何。

已然是大年初四了。于丹说的没有错："时间没有等我，是你忘了带我走，我左手是过目不忘的萤火，右手是十年一个漫长的打坐。"你从山川大海里悄然走过，却留得我在人世间独自过活。你好像什么都没说，又好像告诉我这只是一场修炼。

倒一杯白开水，不再去感叹光阴如箭，不再去遗憾岁月走远。回想还有那么多的壮志未酬，转眼青春早已与我挥手告

内心安详，从不荒凉

别。回首多少美好的时光，我们被行色匆匆的人群推行着与光阴奔跑，何曾停下脚步？

有人说生命是一场修行，也有人说，生命是一场跋涉。无论是哪一种，每一步，只需要我们用心去走；每一段路，都是一种领悟；每一个曾经，都将成为岁月里抽出的花枝，在光阴里妖娆；每一程山水，都是一处旖旎的风景，在深深的记忆里永恒。

经历了世事的沉淀，岁月把美丽的东西雕刻在你的脸庞，渲染在两鬓的白发。听说那是岁月最厚的馈赠，是人生最珍贵的宝藏。在每一个辗转反侧的夜晚，或许我们还要感谢那盏熄灭了又开启的夜灯。是它让我们学会了一路成长，一路收藏，一边历练，一边坚强。

在光阴中行走，是最直观的修行。以欢喜的心看世界，处处有美好；以烦恼的心待万物，万物皆波折。你眼中所看到的一切，都是经过了自心的打磨，或干净或纯粹，或污垢或龌龊。夜深了，我们究竟需要多少光阴的历练不得而知。但我相信，这一路风风雨雨，定会使我们的内心足够丰盈而饱满。相信我，以平和从容的心态看世间，而且保持着对生活极大的热忱，不管前路漫漫，坎坷重重，这一程，有你有我。

去年的冬日，我曾终日坐在山坡上感受阳光的温暖，看白雪巍巍，盼望着春天的早日到来。后来我发现，四季并没有因为你的盼望而早来一天，生活也并没有因为你的焦急而变了模样。从此，便学会了自在地在岁月里流淌、生活里荡漾，任你四季变换，来早来晚，我只是春来播种，夏至乘凉，秋分收获，冬日看雪。岁月静好，现世安稳。

漫步在山坡上，不经意间才反应过来，冬去春又来。又是一年轮回，我没有等到那场想象中的冬雪。还没有来得及和大家在院子里来上一场雪仗，没有像去年一样用雪塑上一尊慈悲的佛像，没能矫情地在大雪纷飞的院子里吟诗作赋，只留我独自一人趴在书桌前，焚香写字。阳光照进来，晒得我半边脸红彤彤的。

不必去等待，亦不必去焦急，因为生活的剧本常常会安排柳暗花明、转角遇到爱的场景，就像这一地的春雪，美艳了你我的心田。

你也许会觉得，我是一个薄情的人儿，遇到雪就爱上了雪，碰到阳光，就迷恋阳光。其实你不知，我只是不想抱怨生活中所有的境遇。生活安排什么，我就热爱什么。

人生最美好的事情就是每天早晨都能看到生活赐予我们的那一米阳光，这是生命最美的开始。假如生命是一场花开，那就让我们学会拈花浅笑，淡看风月。假如生命是一啼鸟叫，那

内心安详，从不荒凉

就让我们听鸟语流转，沐浴欢快的歌唱。人生的辉煌，常常是在别人止步的地方，留下了不可磨灭的脚印。

山有穷，水有尽，但尽头的那边，永远是开拓者的脚步！我们会遇到滴雪不见的干燥冬日，也会遇到路途泥泞的春日。无论生活赋予我们什么，不妨去和生活进行一场友好的和解。在它温和的微笑间，成就了世事的变迁和更迭，演绎着一段又一段的历史。

每一场挫折，都是生活对自强者的历练，对自弃者的摧残。拐杖，可以成为盲人的眼睛，却不能成为懒汉的向导；黑暗，可以限制麻雀的双翼，却无法束缚雄鹰的理想。一份阳光灿烂的心情，却依然能让陋室宁馨四溢，虽遭遇世事多舛却依然能淡定处之。来吧，让我们一起展开双臂，来迎接峰回路转的剧情。要坚信，生活不止有眼前的苟且，还有未来的苟且。

有网友发信息来：师父，过年了，回到家真开心，一切都不用自己操心，躺在沙发上，看着电视，晒晒太阳，真是应了那句话，岁月静好，现世安稳。

我一听，不好！又一个上了当的，岁月静好哪能敌得过似水年华，现世安稳怎消得过眼云烟。

这世上哪有什么岁月静好？不过是一颗随遇而安的心和几个替你负重前行的人。如果一个人对你好，绝对是命运的恩赐，而不是理所应当，哪怕是夫妻，哪怕是父母。活在当下，珍惜眼前，才是对生命最好的演绎。

人生只是一盏茶的光阴，却又是那么的荡气回肠，喝了这一杯，苦尽甘来。倘若要换一杯，不妨来一杯白开水吧。安然于时光深处，终究学会了以淡泊从容的姿态，来寻找生活最朴素的滋味。坦然接受光阴赐予的沧桑，不管得到与失去，都是岁月的馈赠。生命的道路上，会有很多的错过和不在意，当你懵懵懂懂地走过，很多却成了你将来回不去的曾经、抹不去的记忆。把握每一个当下，不要让人生留下那么多的缺憾和错过。

▲▲

活出一场平凡与自在

　　回来的几日里，除了拜望原来常住寺院的同参道友，其余时间便静静地待在书社。来之前计划要去重温的很多很多地方，都没有时间。是不想去了吗？好像不是，只要是在你的怀抱，无论哪一个角落，都能感受到你所有的心跳。

　　正如诗人郑愁予的那首《错误》：

　　我打江南走过

　　那等在季节里的容颜如莲花的开落

　　东风不来，三月的柳絮不飞

　　你底心如小小的寂寞的城

恰若青石的街道向晚

跫音不响，三月的春帷不揭

你底心是小小的窗扉紧掩

我达达的马蹄是美丽的错误

我不是归人，是个过客……

下午阳光正好，几位善信弟子赶来书社看望我。趁着情
人节的东风，这两日书社已经布满了善信弟子们送来的各式鲜
花。阳光刚好照进来，窗外是都市的车水马龙。屋里几人，品
茗叙话。

我明白了，不愿去东奔西走，无非是不想让自己像个过客
般匆匆。饭时，简单地弄两个小炒，围上一桌，一小碗精致的
白米饭。

什么是岁月无恙？现在想来，无非便是菜来饭去伸脚眠，
山里岁月又一年。

夜里，端坐于窗前，看窗外霓虹，振德师问我："师父，
江南这么美，舍得吗？"

佛语有云："弱水三千，只取一瓢饮。"

大家都以为这句出自《红楼梦》的情话，是贾宝玉对林黛

内心安详，从不荒凉

玉的浓情厚意。其实，这不过是曹雪芹信手拈来的一句佛语罢了。某日，一位善人就要因口渴而死，佛祖怜悯，置一湖于此人面前，但此人滴水未进。佛祖好生奇怪，问之原因。答曰："湖水甚多，而我的肚子又这么小，既然一口气不能将它喝完，那么不如一口都不喝。"我们的一生中可能会遇到很多美好的东西，但要知道，不是每一样都适合自己，我们只要用心好好把握住其中的一样就足够了。

太阳升起了，大家囫囵吞枣地吃过早餐，便意气风发地开始全副武装。谁负责搅拌混凝土，谁负责搬砖，谁负责砌墙，这是早已分配且再熟练不过的了，一切都井然有序地推进着。

有人问我："师父，您应该更多地去宣扬佛法，在这里搬砖太浪费啦。"其实不然，十方供养的善款来得不容易，每一分都要用在实处，一些力所能及的工作，就自己做了吧。像我这样一个好吃懒做的人，活着都是浪费社会资源，能有砖搬已经是人生一大幸福。

吃晚饭啦！厨房里传来用餐的消息，才知道时间已在悄无声息中偷偷溜走。

微风吹过，仿佛吹走了全身的灰尘与疲惫，一切也都云

淡风轻了。晚餐后，整个人躺在床上，这是从未有过的心安与
踏实。

　　幸福，从来都不是你拥有多少。

　　日出而作，日落而息，活一场平凡与自在。

　　了解别人是聪明，看清自己才是智者。

▲▲
生活需要相信和坚持

　　清晨的太阳升起，照耀在山坡上，光辉灿烂。一个人漫步在院子里，有一丝寒冷。岁月是如此的静谧，如一杯茶的安然。院子里随手撒的一些菜种子，已经绿油油的一片，散发着朴素动人的光芒。生活不过如此，过好这寻常人家的日子。这一片生机盎然，给了大家信心与力量，拿起铁锹，再将那一方天地打理，种些什么好呢？

　　不必去计较那些落在身后的花瓣雨，得失安然，花开如香，美若往事，恍如初时。光阴无须细细描绘，久了，也会生出暖香。生活，终将一路而来，又一路而去。想起是暖，铭记为念，你只需温柔有力量地过好生命中的每一天。

　　时光的魅力，就在于唤醒心底最纯美的情愫。回首这一路，有过孤独、无助，也有温暖相拥，但不论岁月如何待我，一个人的角落，也会温暖倾城。

终于，在岁月的急流中偷得半日闲散。沐浴在阳光里，一杯带着淡淡苦涩的茶香，一曲荡涤心灵的禅乐，一片参差不齐的田园小菜，几个人围在书桌前，任墨汁在纸上游走，写写画画，说说笑笑，娴静温和的话语声在山坡上舒展、流淌。何必，匆匆忙忙将那些心事收起；何必，神色慌张将那些牵挂放下。任纷扰的时光在风轻云淡中释放，凭冷暖的人生在云水禅心里生香。

在蜿蜒曲折的岁月里奔波，一度悠闲的时光就显得弥足珍贵。也许，只有在历经生命的波澜起伏，历练一番豁达与从容，才能懂得了繁华过尽后的踏实和安稳。

听说，又是一年牡丹花开时节，遥想在那黄昏傍晚，于那百花丛中，一桌一茶一知己。学会在曲曲折折、绵绵密密的岁月里，将那些不论是肝肠寸断还是姹紫嫣红都洒落风中，旖旎一地落花的独白，一半是优雅，一半是人生。

人生是一场相遇与离别的旅程。每个人心中都会有一处赏心悦目的风景，或是禅茶入味的平淡，或是年华向晚的温情。走过了山水相依，走过了花开锦绣，走过彼此留存在心底的那份感动，总有一处风景让人不舍得忘记。

内心安详，从不荒凉

不必盼着一场花事，也不用期望握住谁的手，只要干净自然地守着一颗心就好。生活，更多的时候是相信和坚持。我们都是彼此的旁观者与相伴者，你有你的桥要渡，我有我的路要走。可总有一处风景，我们终归都要抵达；总有一个地方，让你常常牵念。岁月温婉，见与不见，何止想念。

▲▲ 与最好的自己相遇

　　马上就要举办三大士殿的上梁仪式了，山上云集了很多义工帮忙筹备工作，从北京、上海、无锡、连云港等地赶来参加法会的善信也都陆续到达。晚上，我跟无锡赶来的肖总围着火炉一起烤土豆吃，肖总问我："师父，有一事想不通，你怎么会放弃无锡到这里来生活呢？"我问他："此时此刻，你喜欢吗？"

　　其实，这世界并没有都市与大山之分，富贵与贫贱之别，无此无彼，凡圣等一。这里大山的淳朴，会让我们得到一种惬意的满足。自古以来，大家认为避隐山林的人，都是郁郁不得志的儒生雅士；或是尝尽世味的人，遍赏世间繁华，只想寻找一剪淡泊时光，度完余下的日子。其实不全都是这样。浮华的

内心安详，从不荒凉

世态，只会将一颗心，涂染得色彩缤纷。而这朴素的大山，是褪去所有瑰丽的颜色，在一杯白开水里，享受禅的味道。

禅在哪里？在一花一草间，在一山一水中。因为单一，所以洁净；因为懂得，所以慈悲；因为清净，所以珍贵。多少功名都变成了白纸，多少往事皆分付了秋红。我喜欢冬日里屋外烟囱那冒出的一缕炊烟，喜欢大雪封山印证着的一无所有的清白。不论是山外繁华的都市，还是山内清净的道场，一颗从容淡泊的心是得大自在的不二法宝。不要忧愁明日的饭食该去哪里寻找，不要烦恼褴褛的衣裳无处补缀。挽一朵浪花，就可以填满所有的虚空；扯一片白云，就可以裹住所有的幸福。

都说人间最美四月天，可能是我福少德浅，足足到五月末，才等到了山花烂漫。微风吹过，一股浓郁的牡丹花香拂面，我能想到最浪漫的事，便是漫步于这山野之间，在某一个田埂上小坐，看蜜蜂在花丛中飞舞。

忽然想起了刘若英代言产品时说的一句词："来过，便不曾离开。"是啊，江南水乡古镇的柔美之景，见过便难以忘记，任年华流逝、岁月蹉跎，心仿佛不曾离开。而辽阔豪迈的西北山河，每一次驻足遥望，都心旷神怡、豁然开朗，永远留在了这里。

一年一季牡丹花开。风过，是历史的诉说；柳动，是未来的憧憬。岁月流逝，渐行渐远，不变的是殿堂里日复一日的三宝赞歌，它不管花开花落，不管风起雨落。

不必痴狂于百花争艳，不必落寞于黄昏凋谢，在历尽红尘洗礼后，你的沉淀，你的静默，不正是风云沧桑的最好见证吗？

每一次相遇都很难得。流年里，我们共同走过。

不知怎的，似乎对沙漠有着天然的好感。我常常希望自己生活在沙漠之中。去年的这几日，我陪同无锡的善信大众们去腾格里沙漠，再一次被它的浩瀚与宁静所征服。它有烈日的热情似火，又有夜晚的清净寂寥。抓起一把沙到手心，绵绵的，再把它从拳缝里漏出，它便立即随风而去，无影无踪。

无论怎样，我们都需要以全部的热忱去弹奏生活的乐章，不管是高山流水之音，还是柴米油盐之韵。无数希望与失望，泪水与欢笑，交织着平凡的人生。时间是漏沙飞扬的缘，终归让一切归于宁静。

曾有人问我，每一个出家修道之人，是否都是懦弱的。然而，你认为的避世修行，不过是我心中的灯火阑珊。将这一份光明与大众手递心融，那一桩桩难以消除的心坎，定会随着万缕清风眉心舒展、笑容安然。你所追随的清风背影，是我向往的了无牵挂。

内心安详，从不荒凉

当我提笔如风，落笔为画；当我一炷清香，万声佛号；当我添砖加瓦，流浪天涯。不再纠结于那风、那沙、那一番挣扎。我明白一切的磨砺都是为了有一天，在另一个高度与最好的自己相遇。

第七章

心安

即是

归处

雪飞炎海变清凉，
此心安处是吾乡。

▲▲ 心安即是归处

    总算得一天空闲，将大殿的拜垫拼凑成床的模样，安安静静地躺上一上午。生活就是一种积累，你若储存的温暖多，生活就会阳光明媚，你若储存太多寒凉，生活就会阴云密布。带着最美的微笑出发，人生路上的每一个回眸处，都会回执爱与温暖。

    总算在水池装了一个小的水泵，这样就不会"渴坏了"前院的树木花草。振博师一边浇着树木，一边戏水，玩得不亦乐乎。其实，这就是生活。生活是什么？生活是柴米油盐的平淡，是行色匆匆早出晚归的奔波，是行到水穷处、坐看云起时的峰回路转，是灵魂经历伤痛后的微笑怒放，是挫折坎坷被晾晒后的坚强，是酸甜苦辣被岁月沉淀后的馨香，是经历风霜雪雨洗礼后的懂得，是走遍千山万水、回眸一笑的洒脱。

总算是忙完了一阵，可以静下心来安心做一个樵夫，在深山高坡独自往来；做一个茶人，在火炉旁煮上一壶浓烈的砖茶；做一个伙夫，在小院陋室静守炊烟；做一个牧童，在漫山遍野撒欢人间。春游芳草地，夏赏牡丹池，秋饮酥油茶，冬吟白雪诗。这是我对烟火农家无限的幻想。曾经我以为，禅在禅堂的蒲团上，在藏经阁的经典里，在禅机的话语里。一不小心才发现，原来禅，早已融入春花秋月间。我以为，彻悟要用尽一生的时光静坐枯禅。未曾想到，一行人相伴而行，彼此温暖，誓愿解脱，竟成了这一路最美丽的风景。

最近总是会收到很多善信的微信，想要放下一切随我到这大山深处常住。我忽然想起最近看过的一篇文章《那一年，我卖了北京的房子移居清迈》。你以为在某个无意的日子里，手持禅杖，在山间往来，那就是禅意无限。其实你只是误入了世外桃源，做了一场宛若南柯的好梦。

人生山一程水一程，总会有高潮和低谷，掬一捧光阴，握一份懂得，穿越一场又一场的生命迷雾。不是没有忧伤，是我们学会了坚强；不是没有挫折，是我们学会了面对。每一场经历都是生活的积累，每一次坎坷都是生命的历练。春暖花开，打开心灵之窗，只要明天的太阳还会升起，生命就会在阳光中

　　　　　　　　　　内心安详，从不荒凉

怒放。

流年无恙，谁许谁岁月静好？时光不居，谁许谁天长地久？修行是一条路，一条接受的路，一条面对的路，一条放下的路。能让我们强大的不是坚持而是放下；能让我们淡泊的不是得到而是失去；能让我们懂得的不是一帆风顺，而是挫折坎坷；能让我们重生的不是等待往事结束，而是勇敢地和它说再见。生活有酸有甜，生命有长有短，学会接受百味人生。时光深处，轻握一份懂得；生命的路口，静待一朵花开。

无论是走进桃源，过一段淡泊质朴的生活，还是苦心参禅，远赴莲花彼岸。我们要从这世间万般纷扰中解脱出来，可以借一潭静水、一朵白云、一声蝉鸣、一个背影，在云林深处；也可以借一张白纸、一支红笔、一段历程、几个奋斗的伙伴，在烟火人间。禅是每一个迈出的脚步，禅是每一个温情的眼神，禅是每一个起心动念，与在何地无关。

我感谢走上这样一条蜿蜒曲折的道路，那些和法师们一起趴在树上摘下的枇杷，那一段有哭有笑的纯真岁月，那些来了、又走了的同行者，还有毅然同愿同行的法师、善信居士，都是我们生命里弥足珍贵的记忆。剪一段流年的时光，握着一路相随的暖，把最平淡的日子梳理成诗意的风景。谁不曾伤过、痛过、执着过、感怀过？岁月因为经历而懂得，生命因为懂得过而精彩。走过了才明白，往事是用来回忆的，幸福是用来感受的，伤痛是用来成长的。让心在繁华过尽依然温润如初，带上最美的笑容，且行且珍惜。

人生，总有一些挫折坎坷需要面对；生命，总有一些迷雾需要穿越；岁月，总有一些伤痛需要领悟。

物质在手里，桃源在心里。当清晨的第一口新鲜空气吸进肺里，才明白：心安才是故乡，心安即是归处。

▲▲

不要执着于烦恼

"不过了，这日子没法过了！"

"今天你要给我把这事儿办不妥，咱俩也就这样了。"

"哇，今天我中奖了，咱们出去 happy 一番吧！"

"师父，我觉得这个坎我过不去了，让我自生自灭吧！"

日子总是被我们过得像过山车一般，有时候直入云霄，有时候坠入深渊，可谓风尘仆仆、风风火火。可怜了藏在胸中的那颗小心脏，恨不得跳出来，弃我们而去。

总喜欢在寂静的夜晚，搬一张凳子静静地坐在院子里，洗洗衣服，看着满天的繁星。阵阵清风吹过，这是一天里最美的时刻。当你觉得烦恼，我一定要邀请你在这大山里住上一夜。

当你席地坐在这山坡上，感受这一份静谧，瞭望这一夜星空，就会明白，这世上没有什么人不能被原谅，没有什么事不能被放下。当一切归于沉静，什么都是一笑而过。

很多人总想询问、请教自己的前程及命运，只恨这个山里和尚不能掐指一算，将那些岁月的浩劫、人生的起伏、命运的结局一一如数相告。我们都急于知道那未知的明天，却不愿面对生命的结局。如果生命的长河是一部电视剧，你确定要动一动手指，来快进自己的一分一秒？天长地久有时尽，此爱绵绵无绝期。让我们放下那些对未来的恐惧与焦虑，将每一个当下都用爱与慈悲来过。不念过去，不畏将来。

真正的幸福，从来不会从天而降，从天而降的不是落石便是鸟粪。不必着急，幸福需要一个漫长的过程，需要你的等待，你的付出，你的包容，也需要你淡定地放下。放下那些迫不及待，放下那些欲望，放下不舍，放下焦虑，放下一切让你烦躁不堪的理由，你便会发现，幸福就这样来了，它来得无声无息，却又让人措手不及。淡定地面对世事沧桑，淡定地接受幸福吧！

听一段年华不老、心骨幽淡、不曾走失的温暖，读一段静心暖意的文字，突然发现，对那些曾经百般不能挣脱的过往竟然有了触摸的勇气，再也生不出嗔怨。生命本短浅，有多少日子值得我们挥霍？不要把自己堆积在无限的悲怀与怨怼里面。有多少光阴我们没来得及好好体会，已经哗然远逝；有多少华年婉约在春风里含笑，转眼暮年；有多少亲朋好友没来得及结伴同行，已分道远行。

人生几多无奈，几多感慨，几多繁杂，几多悲哀。喧嚣浮世，想要追寻的总是很多，能属于我们的寥寥无几，何必苦苦纠结。学着去放下，坦然释怀；选择安静，摒弃尘埃。总会在无数的挣扎过后，才会大彻大悟，原来生活中最快乐的状态，就是在平淡与平凡的生活中，依然能留住自己、不丢失自己、给自己一个最真实的交代，这个交代就是接受。

人生这一路，有未知的迷茫与恐怖，有崎岖的坎坷与挫折。有些欲望可以释然，有些争执可以让步，有些烦恼可抛开。试着让心头的那么多想不通烟消云散吧，你会得到期盼已久的幸福。

▲▲
沉静淡然，安宁度日

　　今天是在无锡的最后一天，上午，应邀与各位善信朋友们会晤。这是我离开无锡前往兰州后第三次回来，每回来一次，都有不同的感受。我来不及多看你一眼，只是匆匆从你身边走过，那山川河流、那新建的楼宇，已经逐渐刷新了我的记忆。我知道，这一切，都要舍弃，因为，贪恋是我们生死解脱、得大自在的根本障碍。

　　佛法不是生活的调味剂，而是必备的家常便饭。前段时间，寺院有位法师还俗回家了，不少朋友们就有了意见，有善信问我怎么看待此事。我说很好啊，人的一生中有一场短期出家是多么功德无量的事情，不管他有没有把修行的路走到最后，这一段经历，一定会影响他的一生。为什么不赞叹他呢？

　　　　　　　　　　内心安详，从不荒凉

有人问禅师："大师，我可以一边念经一边吸香烟吗？"

禅师回答："当然不可以。"

又问："那我可以一边吸香烟一边念经吗？"

禅师说："可以。"

有人问我："师父，为什么要每天坚持写篇日记，您可以几日或每周写一篇呀。"见完这位善信弟子回来的路上，更加坚定了我的这份答案。因为，我怕你需要的时候，而我不在。我不知道哪一天，哪一篇日记会陪伴你，替你分担一丝生活的烦忧。

转眼，三面观音圣像的主体框架已经差不多完成，由于天气已经寒冷，剩下的砌墙等后续工作只好等到明年春暖花开再完成。这些天，我屡次登上山顶，鸟瞰着四周的景象，大慈大悲的观世音菩萨即将屹立于此并福泽十方，来来往往的人们，都能瞻礼一眼菩萨尊容。

放眼望去，一边是重重叠叠的山峦，一边是大厦林立的城区，阳光温热地照射着，各有一番景象。自从来到这里，渐渐远离了喧嚣，将自己那斑驳流离的灵魂，静静地安放。而此时，只是依着一缕静谧的光阴，携一缕暖阳，伴着清风淡云，看一朵素白云朵的明媚淡雅，赏一叶荒草的枯萎低头，做一个燃灯供佛的佛子，沉静淡然，安宁度日。

这是一个怎样善变的秋去冬来啊？正如我的心，一半沐浴着阳光，一半隐蔽在阴凉。山野的风儿不知疲倦地在奔走，在阳光下流浪，于月光里呢喃，偶或遇到南飞的燕子，唠唠嗑，叙叙旧，道一声来日方长，依然自顾自地继续游走。而我，驻足在这山头停留。我知道，我为何而来，也知道，往何处去。不管是山川河流、高楼大厦，我只是跋山涉水的过客而已。

人来人往，摩肩接踵，当你站在这大山之巅，看那飞机起飞了又降落，看那火车进站了又出发，看那高速公路穿梭如织。也许你也会报之以浅笑，将自己安放在寂静的时光里，所有的烦忧都化作一缕青烟。

嗨，又是一年秋冬时。待到春暖花开，我邀您在这观音脚下，山顶之上，泡上一壶陈年往事的茶，望着那漫山遍野的春花浪漫，听我讲述一段关于大山的故事：从前有座山……

　　　　　　　　内心安详，从不荒凉

▲▲

一直有幸福生长

一重山，两重山。山高水远烟水寒，相思枫叶丹。

菊花开，菊花残。塞雁高飞人未还，一帘风月闲。

——李煜《长相思》

天空飘起了毛毛细雨，不远处那间简陋的柴门，是我们扎根的家。炊烟升起的时候，我们准备收工回去吃饭。几个人围坐在火炉旁的桌子上，粗茶淡饭，守着简单的温暖。月光落在庭院，山林里的一切生灵都在寻找属于自己的那份安宁的幸福。任世间万千繁华，都不及这山林深处一粒如尘的渺小。大家都躺在床上，释放这一天的疲劳。

屋外放着一块柱子上锯下的木头，正好我坐在上面，捧一杯热腾腾的茶，在这月色之下，不管有多少的烦恼忧愁，都会被这明净的夜晚吸收得一干二净。它会将你从车水马龙的乱流中带离，与你因缘相会的，始终是一叶菩提。

这个月是大西北建筑工程能顺利进行的最后一个月，也是寺院三大士殿及三面观音圣像工程收尾的一个月。很多人问我："师父啊，三大士殿这种建筑结构的成本，换了钢混结构，能造两个殿堂了吧？整个寺院建设要多长时间才能建设好？"我笑着说："着急做什么？又不是企业，造好了挣钱吗？"道场的建设，或许，要终我一生吧！抑或是一代人建设不完，下一代人继续建设。"早些建好了要弘扬佛法，度化众生啊。"善信接着说。其实正是这段万众关心的时光才是真正成就我们、度脱我们。

搬几块砖，刷几面墙，看白云静水、清风朗月。不要觉得这一切都是你的、我的。一悟寂为乐，此生闲有余。其实我们需要的真的不多，一棵树可以和你我相伴偕老，一抔黄尘是你我最终的归宿。

今夜注定无眠，得闻夜里有故人从家乡来，煮一壶好茶，默默地等候。已经是凌晨一点，万籁俱寂，我始终亮着院子里的灯，照耀回家路，盼望故人归。

回眸，再回眸。我在"大漠孤烟直，长河落日圆"的北漠

　　内心安详，从不荒凉

回眸，渴望善良的你衣袂翩翩缓缓来，携一抹绿色的浅笑，驻足大漠的日落黄昏，一起细数飞沙扬尘，将海市蜃楼变成良辰美景。我亦曾在"小桥流水人家，古巷轩楼长汀"的江南回眸，渴望对上你柔情似水的眼眸，怀揣着唐风宋韵的你，恰与我的诗情画意相合，在温婉的流年里，一起看云卷云舒，将素雅洁净变成寻常生活。我愿在"天苍苍，野茫茫，风吹草低见牛羊"的草原回眸，渴望你扬鞭赶马，满载豪迈与洒脱，带着铿锵的气度而来。无论何时，无论何地，我都祈愿在这条解脱的大道上，有你，有我。

心哲居士的到来，让我们共同回忆了无锡的风情万种。那些路过的风景，终是生命中永远的铭记。若人生只如初见，懂得珍缘惜缘，会不会就少了一些错过的惆怅？少不更事时，还以为未来路上都开满了花朵，直到有一天，缘深缘浅，都变成了一抹从容自若的悲悯，只剩下那句，最美的不是下雨天，而是一起躲过雨的屋檐。

任何时候都不要让心迷茫。如果，你不想负累，就要学会将所有的繁杂看得简单些。如果你不想纠结，就将所有的喧嚣看得澄明清透，将淡泊写在脸上，将清欢安放在眉间心上。如此，简静的岁月，定会水流花香，诗意葱茏。

木心说，岁月不饶人，我们又何曾饶过岁月。岁月是一场无休止的旅行，人生也有看不完的风景。这一路上，挫折会来，也会过去。或许有泪，但也会收起。无论经过多少风雨，岩石上的苔藓依旧深绿沉静，路边细碎的花朵，仍在清风中摇曳，不为谁开，不为谁落。岁月的洗礼，终会沉淀真正的美，而我们就在等待和期盼的路上，一直没有停歇。如果心与心能够靠近，一盏灯，也是温暖。那些岁月风烟漫过的地方，一直有幸福在生长。

内心安详，从不荒凉

▲▲

感恩这最美的相遇

　　不经意翻出一张前段时间在江西大家一起吃饭的照片，感到非常幸福。有句话说：有时候，这个世界很大很大，大到一辈子都没有机会能遇见。有时候，这个世界很小很小，小到一抬头就看见彼此的影子。所以，遇见时，一定要感恩；相处时，一定要珍惜；转身时，一定要优雅；道别时，一定要放下。因为一转身，可能真的就是一辈子。

　　冬去冬又来，世上没有不弯的路，人间没有不谢的花。人生如四季轮回，既然有冬天的风雪，也就有春天的花开；既然有夏天的骄阳，也就有秋天的丰收。我们只有经过困境的砥砺，才能焕发出生命的光彩。

　　就像这一场旅行，永远不会知道旁边空置的位置属于谁，也不会知道陪伴自己多久。甚至不清楚，在某一站台，某一路口，某一转角，邂逅的，遇见的，重逢的，又将会是谁。因此，总是以好奇的姿态，幻想着唯美的相遇，为的只是想在正确的时间遇见那个对的人。然而有时候，遥远的不是距离，而是学会珍惜。

甘肃的弟子们打电话来：师父，北方下雪了，寒流来了，您在外保重身体，回来的路上要多添衣服。我能想象，也能理解，有时候，寒流匆匆而至只是一转身的事儿。昨日的景致还枝叶金黄，今天的时节已风雪漫卷，就像有些幸福可以长久，随遇而安也能持久；有些快乐无法凝视，曲意回旋亦难驻足。缘分来了，就勇敢地面对接受，让自信和坚持成为一种品质和内涵。在意多了，乐趣就少了；看得淡了，一切皆能释然；心温暖了，一切严寒皆可不惧。

本来行程安排还要前去无锡、上海、连云港等地，一回到兰州便有许多寺务缠身，另外也是舟车劳顿，于是决定暂时先返回寺里。尘世间有多少人来人往，就有多少擦肩而过。一些事物再好，终不属于自己；有些邂逅，路过交错，已然是最好的结局。风雪中，总会有些瞬间，却能温暖整个世界。

我在这繁华的人世间轻轻走过，终究会将这一切统统还给岁月。任何一种过往，都是年华走过的静好。内心的安宁与

内心安详，从不荒凉

清澈，都是缄默的清高，在悲悯的情怀里总能静水流深。又或许，平淡才是烟火袅袅升腾的满足与绚烂，把那些不卑不亢的温柔与雅致进行到底。若执着，什么都会被其所伤，不如于寒风里种植春天的期盼，寒来暑往里自由行走。

人与人之间，总有邂逅；心与心之间，总会相印。一种慈悲，无关阅历，只与感动有染；一种智慧，无关距离，却可以洞察秋毫勘破死生。因缘，没有模板，只要感到心暖；信念，没有形式，全凭坦然担当。

待再度回眸，婉约了落寞里的那一丝惆怅。行云流水般的过往，雕琢了记忆里的一世尘缘。青灯、古佛、黄卷，还有你我，就此一生，不再轮回。

心若自在，不忌喧哗

冬月的清晨，阳光明媚，推开门，映入眼帘的是一片荒芜。偶尔，会有几只喜鹊掠过，那丝丝生机便在山坡头上暗自妖娆。拾一抹清凉，将一份静好氤氲在茶香里，风拂过屋顶，也带来了泥土的清香。端坐在窗户旁，毫无保留地让自己沉浸在太阳纤细的光晕里，整个身体便泛起了柔柔的暖意，那便是幸福的味道。

慢慢地，学会了不再等待，也不再与岁月较劲。时光，从不会因为我们的悲喜而停留，我们就在辗转中学会了从容。在流年的风中，等一场雨，润泽心灵；在明媚的阳光中，等一场花开，芬芳生命。我用冬月温和的阳光，去迎接腊月的山坡炕头，岁月便在我的眼眸中写满了丰盈。

内心安详，从不荒凉

我喜欢春日，喜欢在农地里种一些蔬菜；我喜欢夏日，喜欢满园的牡丹芬芳；我喜欢秋日，喜欢枝头上硕果累累；我也喜欢这万物凋零的冬日，悠悠地坐在窗前，煮一壶红枣茶。风吹过，那些没有预约的音符，总会在不经意间温暖心灵，在杯中薄薄的茶叶里，生出芬芳与感动。

　　人有的时候很奇怪，许多事，当初宁肯辛苦地咬碎了嚼烂了，忍着千般疼万般苦，和着眼泪一起咽进肚子里去永不再提起的东西，到某个时候，又莫名其妙地会涌上心头，从嘴里自然而然地说出来。那时总以为，诉诸口会是如何了不得的惊天动地，好似漏出一个字就要天塌地陷。不经意间提起，才蓦然发觉，也不过是这么一种淡淡如许的口吻。不见凄楚，不曾怨恨，不会落泪，顶多是对光阴匆匆的一种感慨。人生，不过是一场原谅，不过是一场放过。

　　庄子说过："人生天地间，若白驹过隙，忽然而已。"人生其实很短暂，一如人常在感慨蜉蝣朝生暮死，怜悯生命的一瞬即逝，却不曾想过自己亦只是弹指一挥间。苦苦熬度的百年时光，常常自觉乏累，常常力不从心，常常感慨时间走得太慢又太快。倘若心静，倘若气闲，不要锱铢必较，只要随遇而安，一切都将是快乐。

　　六祖慧能说："世界虚空，能含万物色相，日月星宿，山河大地，泉源溪涧，草木丛林，恶人善人，恶法善法，天堂地狱，一切大海，须弥诸山。"

人生世界之净洁，旨在于心。一念成佛，一念成魔。救世必先救心。苍茫何经，能解其妙者，曾几何人。得随缘之因，如空谷之传声。人生本是一场越行越远越迷茫的清空。走一段路，遇一些人，看一处风景，不计较得失陨落，那么最后剩下的，是一种诗意的栖居。

心若自在，不忌喧哗。

▲▲

天亮了一切还在，就是美好

　　没有一点点准备，也没有一丝犹豫，我就这样，突然来到这座城市。有弟子问，怎么会忽然来到？我说想来了，便来了。就如同忽然转身离去，不过是一场自欺欺人之后的幡然醒悟罢了。

　　满街的桂花飘香，再次打开记忆的栅栏。找个漆黑的夜晚，安静地端坐在蠡湖之畔。取一壶往昔，与流年对坐，捻一缕清芬，看三千浮华。历历往事，素淡清雅，相织如梦，那是充满虔诚的无瑕。是的，不论是那个懵懂的春季，还是这随遇而安的秋。我都用满怀的深情，打开四季更替、人我轮回的苍白。灵动的心事，穿过岁月的轩窗，迎面而来。我想，我未曾离开。

好像一首歌有这样一句词：如果再回到从前……所有人都会留恋过去，不满现在。仔细想一想，假如时光可以倒流，你是否愿意回到过往，从这张饱经磨砺的脸庞回到对岸的天真烂漫？

看，鼋头渚的一场烟花绚烂。就在这一刻，那些心头的旁骛，忽然就放下了；那些过往的揪心，忽然就原谅了。一场花开的邂逅，静美了多少无言的守望？一帘烟雨的轮回，成全了多少天涯的相依？许多人，终要忘记；许多事，总会随风。那些深夜的忧伤和叹息，依然会被突如其来的这场绚烂打散得烟消云散。

天亮了，就必须得出发。或是习惯了要出发，所以终日都如同陀螺般没有休止。不要问我的梦想是什么，山僧就是想睡个饱觉，能睡到自然醒就好。或许是我的修行不够，不然怎么会需要睡觉呢？

天亮了，新的一天又开始了，伸一个懒腰。我多么庆幸，推开门，还能看到这些孩子们熟悉的面孔，还能看到院子里那每一块曾经抚摸过的墙砖，还能享受那明媚的阳光，还能在殿堂里侍奉诸佛菩萨。想起来还有许许多多彼此关心和牵挂的人们，生命也就少了许多的计较与纠结。去释怀吧，去拥抱这个可爱的世界，从黎明，到日落。

无论我们对生活抱以什么样的态度，不管是昨日的欢畅良宵，烂醉如泥，还是今日的伤心欲绝，痛不欲生，日出与日落永不改变。它似乎从来都不曾在乎，不曾有片刻的驻足。于是，我们在日复一日的岁月当中，学会了不再咆哮，学会了擦干眼泪继续前行，甚至学会了冷漠。然而，我们终究又会在那转角处遇到一场温暖。后来我明白，生活不过是一场经历，我们在这一路欢天喜地，又在这一路心酸落泪，无论如何，我们终归会走向天明，获得平静。所以，天亮了，请微笑。

微微一笑，这是对时光最好的交代。

不去抱怨，悠然前行

春天来了，感受到春天到来的并不是草绿花开，而是越来越忙的步伐和飞沙走石的"春风"。习惯了每日以日记的方式与大众见面，现在改为隔日。常常会在伏案的一瞬间闪念，没有日记陪伴的这一天里，你在忙什么？过得好吗？有没有学会独立地行走，从容地生活？林清玄说，生命只是如此前行，不必说给别人听，只是在心里最幽微的地方，时时点着一盏灯，灯上写着两行字：今日踽踽独行，他日化蝶飞去。

我多么希望，与你携手在尘世的分分秒秒里。可是我终究是禅门一衲子，终究是娑婆一过客，终究要回到我的极乐老家，终究要在历劫之后得大自在。所以我更希望，大家都能掌握解脱的不二法门，到达自在的清净地，我们在那里相遇，在

内心安详，从不荒凉

那里相视一笑。

夜里，狂风肆虐，好像是刚从牢狱中逃生的魔王，吹起了山坡上的尘土，吹掉了刚刚种上蔬菜的塑料棚，吹断了稚嫩的树干。那咆哮的声音，就连屋顶，都仿佛要被掀掉一般。透过窗户，看着如如不动的则是那月光，幽幽地照耀着世间。也许，只有她明白，晴空万里和狂风肆虐一样，无此无彼、无染无着、不垢不净、不增不减。只有她明白，这一切都会过去，晴空灿烂会过去，狂风大作也会过去，甚至在数小时后，自己也会过去。我们只是在生活中，随遇而安地经历着那些波澜起伏，在回眸的一瞬间微微一笑。

在善信弟子的陪同下，我们前往欧洲文艺复兴的发源地——佛罗伦萨，这是一个听起来都令人兴奋的城市。著名诗人但丁、彼特拉克，著作《十日谈》的小说家薄伽丘，著作《君主论》的马基雅维利，"文艺复兴三杰"达·芬奇、米开朗琪罗、拉斐尔，雕塑家多纳泰罗，歌剧大师罗西尼等，都与这座城市有着密切的联系。那些曾经在深夜里安静地端坐在山间小屋里拜读的大作，在这一天能有机会来到它的创作地，怎能不令人精神抖擞。

比起那些闻名世界的景点，更令山僧流连驻足的是佛罗伦萨那错综复杂的小巷，那是自由随性的象征，没有规划，没有定性，只是千百年来的延续与传承。无数双鞋底抛光的石板巷里，随处可见的白鸽从肩头飞过，落在那些堪称古董的建筑物上，望一望街道的行人，一头扎进去，仿佛在宣告，它才是这里真正的主人。

听说在这里没有夜生活，没有夜宵，没有酒吧，没有在深夜里摇摇晃晃在大街的人们，甚至在晚上就鲜见有商店开门。山里生活惯了的和尚，都不由得为意大利人捏了一把汗，这样的生活多寂寥。也许，这也是佛罗伦萨成为欧洲文艺复兴发源地的重要原因之一吧！在孤寂中绽放的花朵，绽放得多了，就成了百花之城。不去抱怨那些孤独无助的时光，生活如此破费地安排，要看你用它来做了什么。

内心安详，从不荒凉

▲▲

现世安稳，云水清欢

　　总想在这酷热的夏日寻几分清幽，觅几分恬淡，偷几分清闲。在漫漫修行之路，在盈盈一水之间，在微微暖阳之下，泡一壶牡丹花茶，听几首悠悠梵音，看风干的牡丹在壶中舒展，从干皱到恢复饱满，从淡然无味到鼻嗅清香。那一朵朵干牡丹在透明的壶中似茶叶般浮浮沉沉，恰如人生般起起落落。

　　都说理想很丰满，现实很骨感，想起来也不无道理。就譬如理想状态的我是那般清雅自在、恬静淡然。来了这大山你就会发现，这里没有那个所谓才华横溢、风度翩翩的少年法师，你会看到的则是一位风尘仆仆、满面沧桑的民工代表。

　　人生这条路很长也很短，我们在这条前行的路上，不断地经历，不断地领悟，走过那一程百转千回，经历那一段起落无常，蹚过那一场山重又水复，依然在这世间迷茫不堪。索性放下那么多恩怨纠缠，只要这壶茶焙着刚刚好，不温不火，不浓不淡，不急不躁。在盛夏的季节里，泡一壶清茶，仿佛灵魂都能得到滋润，身心全然放松。我不知，这茶的味道，是否就是禅的味道。

都说这社会是一口大染缸，人人都在不断地渲染，不断地跌倒又爬起，不断地走过又忘却。有的人早已被委屈撑大了胸怀，明白人生无常，起起落落皆是常态，遇一场人间冷暖，能晓得从容面对，果敢向前；有的人则绕了一个又一个大圈，终究在那纠缠执着中，竖起一道道无法跨越的坎儿，伤害了别人，又为难了自己。

花有千万种，姹紫嫣红，百媚又生娇；茶亦有千万种，品后而知味，意境深远。在这大山里晃晃悠悠地混日子久了，恍然间就会明白，我们一直强调的修行，其实不过就是一颗不来不去、不增不减的心罢了。

莫道沧海桑田，莫言尘世芬芳，万事万物终究是一场原谅，一场过往，一场陪伴，一场慢慢变淡，一场平淡而知味。

携一缕清风拂面，念几许旧日时光。走过的每一步，不管美好还是伤怀都将会被搁浅在所谓的旧时光中。不舍还是难忘，都抵不过季节的轮回，都会在逝水流年里模糊淡去。修行

内心安详，从不荒凉

路上，不再问花开几许，不再问情归何处，但愿现世安稳，云水清欢。

晚饭罢，与三五善信斟茶闲谈。时间尚早，屋外却已是黑漆漆的一片，想起白日里凉风阵阵，才知道秋天真的就这样来了，真是"山僧不解数甲子，一叶落知天下秋"。

秋天的风不带一点修饰，是最纯净的风。那么爽利地轻轻掠过山间，你不必对萧萧落叶有所眷顾——季节就是季节，代谢就是代谢，生死就是生死，悲欢就是悲欢。无须参与，不必留恋。

秋是成熟的季节，是收获的季节，是充实的季节，却是淡泊的季节。它饱经了春之蓬勃与夏之繁盛，在这寂静与辽阔之间悄然行走。

"行到水穷处，坐看云起时。"对秋天的感悟刻骨铭心而又深入浅出，物态自然，意象空灵，情与景融，意与境谐。这眼中之山水，即心中之山水，即意象之山水。仿佛一幅幅山水画，读了，心驰神往；看了，神与物游；品了，通会之境，人书俱老。好一个"空山新雨后，天气晚来秋"。

"自古逢秋悲寂寥，我言秋日胜春朝。"都说秋天是悲凉的季节，我却不以为然。四季有四季的特点，"春水满四泽，夏云多奇峰。秋月扬明辉，冬岭秀孤松"。我却独爱着秋天，秋天是令人怀念的。与春天的浓艳热闹相比，秋天是肃穆静寂的；与夏天的芜杂茂密相比，秋天是简洁透明的；与冬天的空灵虚幻相比，秋天是厚实宽容的。

秋天是富有个性的季节，秋天是枯藤老树昏鸦的意境，秋天蕴藉着寂灭与再生的悲吟，秋天是多情才子的故乡，秋天是朦胧诗人的底色。当春天伸张它慵懒断魂的双臂，当夏日豪情满怀悄悄远去，而冬夜万籁俱寂作客梦乡的时候，唯有秋天，面对酸甜苦辣、悲欢离合的情思绵绵与心灵震撼，没有懊悔与惊愕，没有固执与软弱，细细品味着淡淡的忧伤，涵泳着一片布满皱纹的宁静。

有人问我：为什么师父独爱这秋天，是秋之韵、秋之诗情画意吗？哈，别提了，仅仅是因为，彩钢板房里终于不再那么酷热难耐。倘若再有一把摇椅，在这瑟瑟秋日，煮一壶老茶，躺在日渐寂静的大山里，看那黄叶凋零，该是多么的美艳……

内心安详，从不荒凉